甜蜜战争

典心 作品

中国出版集团
现代出版社

黄依依，芳龄二十八的言情小说家，

由于长期外食、作息不正常，外加从不运动的缘故，

体检报告看起来简直像是八十二岁！

一次，她因连日赶工病倒，而被母亲火速接回家疗养，

不仅如此，还找了个帅气迷人的肌肉男来陪她运动。

她假装昏倒，

想给他个下马威，让他知难而退，

谁知不但被识破，还被反将一军。

稍微赖个床，他就把她的房门给拆了，

根本是个粗鲁无礼的野蛮人！

镇上的人居然还打赌他们会在三个月内进展到论及婚嫁，

笑话！以她最宝贝的限量版大同宝宝为赌注，

绝、对、不、可、能！

只是，面对他五官深邃的俊脸，与精壮身躯，她忍不住脸红心跳，

而当他吻上她的唇瓣时，她更是意乱情迷，不可自拔，

这、这下可糟了，她的大同宝宝有危险了！

楔子

春有百花、夏有月；秋有凉风、冬有雪——

天、天、都、是、睡、觉、天！

窝困在暖暖被窝里的娇小女人，半梦半醒地想着，慵懒地伸懒腰，翻过身去抱着被子，幸福得嘴角淡笑，即使窗外阳光普照，她还是坚持赖床不起，小腿轻磨被单，舒适得蜷窝更深。

室内光线朦胧，即使白昼也显得昏暗。

其实，房间东面有扇落地窗，设计的本意，一来是为了采光良好，能减少用电量；二来是能一早迎接晨曦，多晒太阳健旺精神。

可惜的是，落地窗被挂上三层遮光布料，毁了设计者的用心良苦，更让整个房间总是昏昏暗暗的——

这样的环境，多么适合赖床！

上学的必须早起、上班的必须早起，家庭主妇天色刚亮，就必须张罗一家大小吃的用的穿的，赶着丈夫孩子出门，然后开始一整天忙碌的家务；职业妇女更是绷紧神经，往往事事周全，赶到工作岗位，却肚子空空，连吃一块吐司的时间都没有。

唯独极少数的人，罔顾天怒人怨，都日上三竿，睡得太阳照屁股了，还不愿意离开被窝。

黄依依就是其中之一。

白嫩的双手双脚，圈抱棉被不放，像侧躺的无尾熊，紧攀着尤加利树，一副情愿抱着棉被，睡到天荒地老，即使世界末日，也拒绝松开手脚。

窗外传来人人忙碌的声音，稍稍扰了她的清梦。但是，她也不是省油的灯，这种等级的干扰，对她来说根本是小意思，梦境像精彩的电影，只是稍微放慢速度，但没有停播。

只是，有阵不熟悉的噪声，越来越近、越来越强烈。

咚！

咚咚！

咚咚咚！

黄依依在梦中皱着弯弯的眉，坚持抵抗那阵噪声，本能拉起棉被，把头藏进黑漆漆、暖洋洋的被窝里头。

噪声虽然减弱，却没有停止的迹象。

咚咚咚咚咚咚咚咚咚咚!

咚咚咚咚咚咚咚咚咚咚咚咚咚咚咚!

这是意志力之战，她要再睡、再睡——

猛地，一股强大的力量，粗鲁地扯开棉被。

“哪个王八蛋？”她又惊又气，火速坐起身，立刻因为贫血而晕眩，眼前有几秒都是黑茫茫的。

打断梦境的凶手，踏过凌乱的房间，用扯开棉被的宽厚大手，抓住遮光窗帘，轻而易举地一扯。哗啦一声，三层窗帘全毁，刺眼的阳光照入室内。

她痛苦地眯眼，张开手遮挡。

“你迟到了。”低沉的声音响起，夹杂毫不掩饰的怒气。

“我只是迟到一点而已，你不必来掀我被子！”她困难地转头，避开直射的阳光，压根不想坦承，她没把约定放心上。

映入眼中的景况，让她倒抽一口气，起床气破表，飞也似的无限飙高。

“你拆了我的门！”

天啊，她真受不了这个肌肉男!

“我敲过门了。”他非但没有罪恶感，更没有半点歉意，“是你不来开门。”千错万错，都是这个小女人的错。是她害得他失控。

她抱住头，像受伤的小动物，发出持续的呻吟。她最注重隐私，更在意私人领域，而这个粗鲁的家伙，竟敢大剌剌地闯进来，像登陆东京的大怪兽酷斯拉，轰轰烈烈先来一场破坏。

“你就不能讲理一点吗？”蒙眬的双眸眨了又眨，恼怒地瞪向背对落地窗，双手叉在腰上的壮汉，由于背光的缘故，他深邃的五官与庞大身形，被勾勒得更清晰。

“跟你讲理？”他冷笑几声，“嘿，你睡太多导致失忆吗？这些日子以来，我都试着跟你讲理，事实证明那一点用都没有。”低沉的声音拖得长长的，有着满满的讽刺。

她还要辩驳。

“我哪有不讲理？我只是——”

话还没说完，眼前就陡然一晃，庞大的身躯蓦地欺到身前，动作快得看不清楚。宽厚的大手，牢牢捂住她的小嘴，有效制止所有借口。

那张脸靠得好近，近到她能在他眼里，看见自己的倒影。

“讲理的时间已经过了。”他弯起嘴角，露出可怕又邪恶的狞笑，注视那双瞪大的惊慌水眸，慢条斯理地宣布：

“从现在开始，所有进度都由我决定，所有异议都无效。”他逼靠得更近，嘶声说道：

“该是咱们来身体力行的时候了。”

第一章 | Chapter 01

七天前。

屋外有人。

悦耳的电铃声，回荡在这栋屋龄五十年左右，以原木装潢为主的三层楼建筑，一声又一声、一次又一次，显示出门外的人，不但非常有耐心，还很确定屋里有人。

黄依依听着电铃声，径自走进厨房，过度白皙的手打开冰箱，小脑袋凑了进去，忍着扑面的冷空气，搜寻想吃的食物。

由镇长主持，经营有成的纯净农业，镇上农夫自产自销，青翠新鲜的蔬菜——

要洗要切要烫，太麻烦了。

同样不洒农药、不使用化学肥料，外貌虽然不像超市贩售，那么光滑诱人，但绝对鲜甜的当季水果——

要剥皮，算了。

亲戚家喂养两年，身家清白的土鸡肉——

想都不用想，直接出局！

左看看右看看了好一会儿，直到冷得鼻尖搔痒，连打了两个喷嚏后，她才慢吞吞地拿出罐装牛奶，把冰箱门关上。

刚起床就喝冰牛奶，绝对不是个好选择，要是被家人瞧见，肯定会被念上一顿、把整罐冰牛奶拿走，再附赠一段中医的嘱咐，要她戒除生冷食物，该好好进食。

不过现在，家里只有她一个人。

黄依依拿出橱柜里头，专属于她的牛奶杯，将冰牛奶咕噜噜倒进去，原本透明的杯子，变成乳白后，浮现可爱的漫画图案，不但跟身上的棉质睡衣相同，就连拖鞋的图案也一样，整套配得很齐全。

门铃还在响。

她啜了一口冰牛奶，坐到偌大的原木桌椅边，这才发现桌上搁着盘子，盘里有鲜奶蔓越莓馒头，摸起来软蓬蓬的，还有些暖度。

牛奶能增加钙质、蔓越莓能补血，两样食材都对健康有益。

这阵子以来，妈妈每天早上都替她做妥鲜奶蔓越莓馒头，才出门到菜市场上，以买菜为名，行社交八卦之实，再多多搜罗健康资讯，非要跟街坊邻居们聊到中午左右才会回家。

黄依依伸出手指，面无表情地在馒头上戳一个洞，然后二个三个四个五个六个——无辜的馒头被戳得满满是洞，根本未曾被拿起，更未被咀嚼享用。

妈妈的爱心无价，但是，连续吃了两个月相同的早餐，再好吃的食物，也会变得索然无味，甚至引发进食恐惧吧？

呜呜，她真的吃腻了！

身为女儿，黄依依太清楚，妈妈有多么固执，就算提出抗议，也会被立刻驳回。好在，山不转路转，凡事都有变通方式。

她从厨房角落，拿出干净的塑胶袋，把三大个鲜奶蔓越莓馒头包好。

接着，可爱脱鞋离开客厅。

再回来的时候，馒头已经消失，取而代之的是她真正的早餐——

一大包家庭号的薯片！

酥脆的薄片入口，大量的盐及香料触及舌尖，引起味觉的小型爆炸，她满足地呻吟一声，对垃圾食物的依恋，无论如何就是无法戒除，一片接一片，停都不停不下来，咀嚼的清脆声，听来都很悦耳，只除了——

真不敢相信，电铃声居然还在响。

依依捏着一片薯片，慢条斯理地啃着，终于转头看向大门的方向，好奇是谁这么有耐性，按了这么久的门铃，即便没人回应也不肯放弃，她都要担心门铃被按坏了。

是推销员吗？

她拎着薯片，小心翼翼地靠到门边，用蘸了油盐的指尖，微微挑开一个空隙，泄入的耀眼阳光，让她不自觉半眯起双眸。

几乎是同一瞬间，对方就发现她了。

“嘿，你好！”

爽朗的声音响彻大门内外，搭配满脸和善笑意，站在门外的男人高大健硕，穿着剪裁合身的西装，还讲究地打着领带。他的五官深邃好看，虽然理着三分头，却没有半分流氓气息，反倒散发出一种让人信赖的感觉。

他满面笑容，露出整洁的牙。

“请问，黄太太在家吗？”他问。

依依咬着薯片，吞咽下肚。“你找她做什么？推销健身器材吗？”

“不是。”他笑笑地否认，像哄小孩似的，耐心十足地又问了一次，“可以告诉我，黄太太在家吗？”

“她不在。”

“那么，请问她什么时候回来？”他笑得更灿烂。

她舔了舔指尖，再把手探进大大的铝箔包，继续吃着薯片，盯着这个陌生人，习惯性地猜测对方的身份。

可以确定，对方不是镇上的人。

因为，回乡至今，对她老早到了适婚年龄，却仍待字闺中，甚至没有对象的不满人士，纷纷热心地来探看，人数多得都快把她家门槛踏平了。要不是知道她大病初愈、体力太差，热心人士们这才放弃为她安排密集的相亲马拉松，改为送来大量相片，让她好好挑选。

那些相片里并没有这个男人。

她很确定。

一来，是她对自己的记忆力有信心。

二来，门外的男人，的确有让人一眼难忘的条件。

延续过久的沉默，引起他的误会，笑容展得更开，高大的身躯后退，双手摊开，显示没有任何敌意。他很善于使用肢体语言。

“小妹妹，你别担心，我不是坏人。”

小妹妹？

她的视线往下瞄，看了看一身卡通睡衣，莞尔弯起嫩软的唇，无声地笑着。这一身打扮，也难怪对方会低估她的年龄——

等等！

依依迅速蹲下，双眼圆瞠。

他看得到她！

哇哦，仅仅靠着窗帘旁的细缝，这个男人就能瞧见她这身装扮？他的视力是有多好？她是从电视上看过，有些人还保留着远古狩猎时代，优异于族群的超群视力，这种人往往是最出色的猎人。

她习惯观察，而不是被观察，想到自个儿的一举一动，在不经意之间，都被陌生人看在眼里，她双肩发颤，就是觉得不舒服，还起了一身鸡皮疙瘩。

“小妹妹？”男人的询问，更证实她的猜测，“你不舒服吗？”他看见她突然蹲下。

依依深吸一口气。

“没有！”为了摆脱那超强的视力，她慢吞吞地往门后挪动，确定厚重的大门能完全遮住她，才隔着门大喊，“她大概中午的时候才会回来。”说出答案后，她抱着薯片走回屋子深处，决定接下来不论门铃响不响，她绝对都不再靠近大门。

她要再躲回自己安全、舒服的房里去了。

只是，门外的声音，远远传来，格外清晰有力。

“谢谢！”

☆☆☆

昏睡时依依醒过来。

她抓抓凌乱的短发，听见肚子咕噜咕噜地叫，反射性地翻身往床边探去，心不在焉地摸索，几本漫画因为姿势改变，纷纷从她身上，滚落到床下去。

摸了好一会儿，小手终于探进铝箔包。

只是，她左摸摸右探探，艰难地把指尖都触到底部了，却还是摸不见半片薯片。最后，她拿起铝箔包，睡眼惺忪地往里头瞧，失望地发现，底部只剩下少许碎屑。

睡前的记忆，像品质不好的影片，断续闪过脑海。

对了，她在睡着前，舒舒服服地翘着脚，一边看着漫画，一边把薯片吃，轻而易举地把分量多多的家庭号解决干净。也难怪现在，她会觉得口干舌燥，亟须冰冰凉凉的饮料解渴。

踩踏着可爱脱鞋，她慢悠悠地下楼，朝厨房的冰箱前进。

外头已经天黑，从楼下传来的电视声音猜测，大概是晚上八九点了。这个时间，镇上的人们都会守在电视机前，观看永远演不完的乡土剧，还超级投入地跟着骂、跟着哭。

如果她够幸运，剧情演到精彩处，例如有角色发生意外或被宣布得到绝症或被抓奸在床或婚礼被破坏等诸如此类状况，就算她经过客厅，也等同是隐形人，绝对不会被发现，更不会被家人喊住——

“依依，你怎么又睡到现在？”才刚踏入客厅，关怀的语句就响起。“六点的时候，我还去敲门，你没听见吗？现在饭菜都凉了。”

哦噢，今天剧情肯定不够精彩！

她暗暗啧了一声，埋怨编剧不够卖力，才害得她泄露行迹。

“我睡觉的时候，习惯用棉被盖头，所以听不见嘛！”她嘟嘟囔囔地说道，伸手拉开冰箱，寻找可以解渴的饮料。

还没找到目标，妈妈的声音再度响起，语调直线上扬。

“你开冰箱做什么？”

“我、我、我找喝的。”

“医生说过，你不能喝冰的！”坚定的语调，半点不容置疑。“铸铁锅里有仙草鸡汤，是特别帮你煮的，整整熬了一下午，给我多吃一点。”

强大的母爱，逼得她只能心不甘、情不愿地关上冰箱，踩步到瓦斯炉旁，用指尖小心碰了碰锅盖，确定温度颇高，才抓了一条抹布，双脚分开与肩同宽，先深吸一口气，再拿开沉重的锅盖。

“哦，对了，舀一碗过来。”黄陈淑婉颐指气使的口气，突然软了下来，乐呵呵地问向旁人。“杨先生，你也喝一碗，尝尝我的手艺。”

依依手中的汤匙，瞬间僵住。

杨先生？

家里竟来了客人。

“谢谢大姊，叫我爱国就好。”似曾相识的男性嗓音，充满活力与笑意，很愉快地回答，“鸡汤真香啊，还好，大姊先开口，愿意让我喝一碗，不然我还真不好意思，主动开口说要喝。”无论语调或内容，都谄媚得恰到好处。

“哦呵呵呵呵，跟我还客气什么呢？”

客厅里其乐融融，笑声盖过电视声，女主人黄陈淑婉跟客人显然相谈甚欢。

依依端着一碗鸡汤，走进客厅里头，这才瞧见那个，把妈妈逗乐得像十八岁少女般，掩着嘴哦呵呵喔呵呵直笑，两颊红润润的杨爱国，竟然就是早些时候，站在外头按门铃的家伙。

在她蒙头大睡的时候，他已经登堂入室，坐在她家的沙发上，笑容可掬地谈天说笑，还得到一碗热腾腾的仙草鸡汤。

此刻，他已经脱下西装外套，不论上身的白衬衫，还是下身的西装裤，以及擦得光可鉴人的皮鞋，每样都是昂贵的高级货。

在这么近的距离下，一如她能观察更细微处，他能看到的肯定也比白天时更多，让她乱得没安全感，连走路都僵硬得同手同脚。

她把鸡汤搁在桌上，故意不跟杨爱国有视线接触，本能地想用最快速度，离开他的视线范围，冲回厨房或卧房——总之，任何地方都好！

向来对她的穿着不曾发表意见的妈妈，这时却故意啧啧有声，言不由衷地指责，还用手抓住睡衣袖子，强行要女儿也坐下，仿佛看透她的心思，预防她拔腿就逃。

“哎啊，你又穿成这样，在客人面前多失礼啊！”略微夸张的语气，与其说是指责，不如说是故意要点出女儿的与众不同。“真是抱歉啊，我这个大女儿是写书的，从小就跟别人不一样。”

不论感不感兴趣，总之，杨爱国从善如流，非常配合地夸赞。“原来，大姊的女儿是作家。”他的语气，比先前浮夸了一些些——只有一些些，其实微小得很——

问题是，她偏偏就能察觉出来。

克制不住的，依依的视线落到他身上，只见那张俊容笑靥更深，威力足以媲美夏日正午的阳光。他眨着深邃的黑眸，隐藏其中的笑意，无辜地回望她，好看得接近犯罪边缘。

“是啊。”黄陈淑婉笑得更乐，不顾她的困窘，执意炫耀。

“她写好多年，书都出了好几十本，你回去之前，我让她签一本送你。”

“我的书都放在台北。”她淡淡地提醒，庆幸家中没有存书。

闻言，黄陈淑婉那张跟女儿有几分相似，虽然年过五十，却仍风姿犹存的脸上，露出懊恼的神色。

“啊，对哦！”

“没关系，书当然该是我去买才对。”他说得殷勤，巧妙地维持气氛愉快，没让女主人的心情，有任何低落的可能。“小妹妹跟大姊真像，漂亮又有才华。”他咧着一嘴白牙，甜言蜜语免费大放送。

明显辈分有误的称呼，让依依要努力克制，才没有开口纠正。

不过，更让她在意的，是他魅力四射的笑容。那笑容没能令她拜倒在他昂贵的西装裤下，反而让她颈后的汗毛一根根竖起，莫名地觉得，好像在哪里看过这样的笑。

“什么小妹妹，她跟你没差几岁吧？你们说不定还是同学。”黄陈淑婉猛挥手，探身向前，慎重地询问：“你今年多大了？”

“三十二。”

“依依今年二十八。”

"我国三那年离开镇上，所以不曾同校就读。不然，有这么才华洋溢的学妹，我是绝对不会忘记的。"

天啊，说这么多甜言蜜语，他都不怕会蛀牙吗？

不同于依依的不以为意，听到杨爱国提及往事，黄陈淑婉倒是有些感伤。"我想起来了，就是你爸再婚的那年，对吧？你家那时候搬走得太过突然，我们这些街坊邻里，心里都好难过。有些孩子即使杨家道场没开，也自动自发地去练习。"

前一秒还在猜测，这男人是用哪一牌牙膏，才能笑容如此地耀眼，依依听见这四个字，宛如触电一般，猛然瞪大双眼，在沙发上坐得直直的。

"杨家道场？"她失声问道，讶异得呼吸暂停、心跳加快。"镇上以前那间杨家道场？"

"真高兴你还记得。"他笑眯眯地回答。

她用看外星人的眼神看他。

只要是镇上的人，都记得杨家道场。

即使，杨家道场已经关闭多年，但是当年培育出来的学生，仍广布镇上，甚至开枝散叶，个个都奉行当初道场的精神，谨记锻炼身体之外，更必须锻炼心智，绝不可以将矫健身手用于不当之处。

有过杨家道场的训练，镇上治安良好，还在中部声名远播，宵小之辈都相互提醒，千万要避开本镇。

在她小嘴半张的注视下，他又专心对付起主要目标。

“大姊，我们这些年来，也很怀念故乡，这次决定回馈乡里，重新开设杨家道场。”杨爱国神情诚挚，态度比电视里那些演员求婚时更认真。“最适合的地点，就是中山路跟花园公路口那块空地。”

“你想租那块地？”

“没错。”他点头。

有一会儿的时间，只有电视里的广告声，充斥在客厅里头。

许久之后，黄陈淑婉终于开口，嘴角弧度弯得大大的，笑得连眼睛都眯成一条缝，强扯女儿衣袖的手，比先前更用力。

“盖道场是不错，都听说多运动有益健康。”她努力收起笑容，想装愁眉苦脸的样子，可惜功败垂成。“可是呢，镇上的人都知道，我家依依身体不好，正在家里休养。你看看你看看，她的脸色这么苍白。”

“道场盖好后，她就可以来运动。”

“哎啊，要那么久哦？依依再过三个月，就要做健康检查了。”

灿烂的笑容变得有些僵硬。

“大姊是希望，依依在健康检查之前，能多多运动？”

“对啦！就是这个意思。”黄陈淑婉双眼发亮。

白亮的牙微微咬紧，笑容变成有些狰狞，虽然很快又恢复原状，但没能逃过她的眼睛。那一瞬间，她灵光乍现，猛地想起在哪里看过相似的微笑——

这家伙的笑容，像极了电影里预备择人而噬的大白鲨。

“那么，我自愿在这段时间，陪着依依运动。”不知已露出真面目的大白鲨说道，整句话里头，自愿这两个字，说得特别用力。

“这样就太好了！”

两方达成协议，当事人却被晾在一旁。

“妈，我不需要别人督促。”依依忍不住开口，压根儿就不愿意现今舒适的日子有半点改变。而且，还是被一个戴着过度灿烂笑容面具，说话甜得可以滴出蜜来的大白鲨改变。

抗议很快被驳回。

“乱讲，你当然需要。”黄陈淑婉笑得好开心，推了推女儿。“快点，快跟爱国说谢谢，他接下来三个月都会陪着你呢！”

无法违抗母亲，依依终于认命，知道一切只能靠自己了。

她露出虚弱的微笑，看向同样被赶鸭子上架的杨爱国。

虽然，她有一点点同情他，为了要租地，被迫将她妈破绽百出、意图明显的条件说成是自愿，但是同情他，就会亏待自己，况且同情大白鲨的下场，通常就是被啃得血肉模糊，最后只剩骨头。

她决定要给这家伙一个下马威，最好能让他知难而退。

“杨先生，很谢谢你愿意——”语音越来越微弱，她开始前后微微摇晃，接着闭上双眼、放软身躯，整个往地板倒去——

她昏倒给他看！

第二章 | Chapter 02

昏倒?

杨爱国反应灵敏，黝黑的大手一探，利落接住软倒的小女人，没让她跌落在地上。软软的、香香的身躯完全放软，呼吸平稳，弯翘的睫毛遮蔽双眸，没有半点眨动的迹象，平静得像是睡着一样。

换作一般人，肯定会被她的伎俩骗了。

很可惜，他不是一般人。

接住她的同时，他也用另一只手，不着痕迹地确认她的脉搏。他见过许多昏厥的人，不论男人或是女人都有，她演技高超，昏倒的模样、姿态，甚至连角度都计算精准，显然是经验老到。

问题是，她那跳得媲美被猛兽追杀的兔子还快速的脉搏，毁了所有伪装。

“哎啊，这孩子又昏倒了！”一旁的黄陈淑婉，态度与其说是紧张，不如说是无奈。“爱国，依依贫血得厉害，有时候街坊邻居来拜访，她大概都太过紧张，很容易就昏倒。”

“没关系，这种情况只要饮食均衡、适度运动，很快就能改善了。”他宽宏大量地说道，语气里不再有半点不情愿，字字句句都听得出鲜明的愉悦情绪。

意料之外的反应，让依依心跳又加快了一些。

她想要偷偷睁开眼睛，观察一下现状，却又不敢冒险，只能在心里默默祈祷，要他快滚快滚快滚！

以往，昏倒这招从来不曾失灵，只要亲友来到家中，提议要她出门相亲，或把是对方带到家里来，她只要使出这招，就能让亲友用最快的速度告辞。然后，她再适时醒来……

但是，杨爱国的反应，却跟其他人完全不同。

他迟迟没有离开，反倒伸出另一只手，轻而易举地把她抱起来，完全就是言情小说里，她不知道写过几十次，男女主角互诉深情时的标准姿势。

天啊，难道这就是传说中的公主抱？

毫无准备的依依，从未被这样抱过，一时间差点惊呼出声。

“呜……”

好险好险，她咽下那声惊呼，才没有当场破功。

“爱国，真抱歉，你把她放在沙发上就好。”当妈的习以为常，为女儿的“瑕疵”心怀满满歉意。为了不让男方留下不好印象，她急着赶人。“你先回去吧，她过不久就会醒了。”

依依也在心里呐喊。

没错!

快走!

快走啊!

杨爱国却没有松手，更没有起身走人，反倒在沙发旁蹲下，薄唇说出的字句，清晰地传入她耳中。

“常态性的昏倒，其实很危险，头部容易强力撞到家具或地板，最好能让她快点恢复意识，检查是否有撞伤。”他慢条斯理地挽起衣袖。既然，她用精湛的演技，送上这份“见面礼”，他当然要有所回应。

温热的宽厚双掌，触及她胸前的衣衫，轻轻碰到女性的丰盈软嫩。

依依差点跳起来!

该死，这家伙趁机吃她豆腐?

“我来替她做人工呼吸，保证她很快就会醒来。”他宣布的同时，双手也没闲着，轻松就解开卡通睡衣最上头两个扣子。这种衣服的扣子，通常都做得很大，解起来容易得很。

全身紧绷的依依，浑身都渗出冷汗，多想立刻坐起来，用尽力气甩这只假好心的色狼几巴掌，却又碍于妈妈在场，只能继续装昏。

要是让妈妈识破，她先前昏倒，都是演出来的，她肯定会被唠叨到耳朵长茧。更糟糕的是，那群相亲大军就不再有顾忌，会踏平她家的门槛，前赴后继地朝她进攻。

进退两难的依依，紧闭着双眼，在心中用尽所知道的脏话，痛骂乘人之危的杨爱国。

他假装双掌抵着她的胸部，其实只有掌心平贴，并没有用上半分力气。

一次又一次，宽厚掌心透着热力，粗糙带茧的指尖，像是享受质料上好的丝绸，好整以暇的轻触。

白嫩的肌肤，因为那一次次的触摸，不由自主地轻颤，她从未经历过这种感觉，一时之间不知所措，只能任他为所欲为。他的体温太高，让她感觉自己在逐渐发烫。

睡衣之下，她没有穿内衣。

他肯定已经知道了。

依依昏沉地想着，全身像是有一万只蚂蚁，小口小口地在轻咬她。咬她的皮肤还不够，那些蚂蚁连她的理智，也逐渐侵蚀……她该要反抗，而不是躺着不动，甚至期待他更多触碰……

该死，她真的有昏眩的感觉了！

当他的双掌离开时，她几乎要呻吟出声。

低沉的男性笑声，在好近的地方响起，温热的气息拂过她嫩软的唇，近得能呼吸他的呼吸，闻见他身上干爽好闻的男性气息。

“嘿，你真的要赌这么大吗？”他用只有她听得见的声音问，嘶哑的嗓音里，有着莞尔的笑。

哗啦！

依依觉得像是被泼了冷水，瞬间清醒过来，双眼睁得又大又圆。

她在一双黑眸里，看见自己的倒影。

他靠得很近……事实上，是太近了！

顾不得假装昏厥的戏码，依依一手推挡他的胸膛，另一手火速遮住尚未被亵渎的红唇，用最凶狠的眼神瞪着悬宕在身上的无耻之徒……他的行径太过大胆，更可恨的是，他竟然让她有那么一丁点的忘我……

“我醒了。”她用过度大声的音量说道，语音竟不争气地有些颤抖。

他高大的身躯慢慢地退开，黑眸灼热，嘴角那抹笑，更是坏得好邪恶，看得她全身又觉得火烫烫的。

虽然，他没有吻她，但是她的唇上，已经染有他的气息。

她不肯轻易服输，刻意在他眼前，用力抹了抹嘴巴，那张薄唇上的坏笑，非但没有消失，反倒咧成大大的笑容，两排白森森的牙，再度让她想起大白鲨。

两人一来一往，在沉默中交锋。

“人工呼吸还真有效，你昏倒这么多次，这次醒得最快。”黄陈淑婉大开眼界，欣喜自个儿挑对了人，之后女儿的健康肯定能好转。“依依，还不快谢谢人家。”她催促着。

谢？

依依的眼角抽搐。

谢什么谢啊，这家伙光明正大地吃她豆腐，她竟然还要道谢？

碍于妈妈的视线，她咕哝了两声，企图蒙混过关。

“说清楚！”黄陈淑婉喝令。

母命不能违！

她深吸一口气，吞咽屈辱，含恨一个字一个字地说道：“谢谢。”

“小妹妹，真的不用跟我客气。”脸皮大概比铜墙铁壁还厚的他，居然有脸回嘴，黑眸刻意往下，意味深长地看了看，他触碰过的软嫩丰盈的肌肤。

在那一瞬间，她无法决定，是要遮住胸口，还是戳瞎杨爱国的眼睛。

“啊，不对，”懒洋洋的嗓音里，有着藏不住的笑意，“你不是小妹妹了。”他刚刚亲手“确认”过了。

她双颊火烫，警告地眯起眼睛，威胁他再敢放肆，她也准备要豁出去，拼着大病一场过后的身子，就算不把他揍到伤残也肯定住院！

他停顿了一会儿，看着她喷火的双眸，跟紧握的双拳，聪明地没再说出挑衅言语，反倒恢复斯文，一副纯然无害的模样，径自微笑点头。

“相信我们之后的相处，会非常愉快。”他好言好语地说道，“晚安，你早点休息，我明天过来接你，从简单的练习开始。”说完，他穿上西装，用最俊帅的姿势离开。

一等杨爱国走出大门，黄依依就转身，坚定地走进卧室。

接她？哈！

往后三个月，她决定都要卧病在床！

☆☆☆

紧闭的房门上，传来规律的轻敲。

正在看漫画的依依，停住所有动作，确认敲门的频率，符合她规定的暗号，这才避开房内堆得满满，看似无用杂物，实则都是她花费时间与金钱，好不容易才买到手的东西，慢吞吞地去开门。

一张与她有几分相似，却健康红润许多的脸儿，出现在门缝之间。

“姊，是我。”黄伴伴说道，拎高手里的袋子晃了晃，谨慎地降低声量。“你要的东西都买齐了，一样都没有少。”

回乡以来，除了先前真的病到完全没食欲之外，病情转好后，她的“战斗物资”，都是由妹妹提供的。

依依打开门链锁，难得敞开房门，让妹妹进房。

“别踩到我的东西。”她特别嘱咐。

“很难耶，你房里满地都是东西。”伴伴嘴上抱怨，但脚下还是小心翼翼，以媲美芭蕾舞者的灵巧，仅用脚尖点地，最后顺利在一张坐垫上安全着陆。

“你今天来得好晚。”依依打开袋子，小脑袋往里面探，双眼亮晶晶数着妹妹带来的珍贵“物资”。

“拜托，家庭主妇可是很忙的，我好不容易把孩子哄睡，趁老公看棒球转播，才能抽出时间，帮你跑腿买东西，你就不要抱怨了。”不同于姊姊，小两岁的伴伴，几年前就嫁为人妇。

“知道了知道了，你是全世界最好的妹妹。”依依敷衍地说着，伸手从袋子里，拿出一小块羊羹，撕开包装咬下一口。“妈妈做的馒头我包好了，记得拿回去。”

伴伴露出惊恐的表情。

“又是鲜奶蔓越莓？”

“嗯哼。”

“天啊，再吃下去，我的血都会有蔓越莓的味道了。”伴伴抖了一下，打开放在固定角落的保鲜盒，认命地把馒头收好。

“说不定你老公会很喜欢。”依依说道。

“他又不是吸血鬼。”

“你们可以玩些游戏，有助夫妻情趣。”她提议。

伴伴断然否决。

“我才不要。”

“为什么？”

“你会写在下一本书里。”每次，只要她漏了口风，被套问出一丁点儿夫妻亲匿，姊姊的下一本作品里，绝对就会出现，加油添醋、热情火辣的类似情节。

“啧，让我取材又不会少一块肉！”依依坐在床上，抗议妹妹的“藏私”，“再说，又不会有别人知道。”

“你当我老公不识字吗？”身为人妻的伴伴，小脸羞得通红。“有一次，我陪他去小说店，看到他在翻你的书，还笑得贼兮兮的。”

“这个情节不错，我该记下来。”身为始作俑者，依依没有半点反省，反倒还见猎心喜，咬着羊羹就要去拿笔记本。

脸皮薄的伴伴，连忙改变话题。

“杨爱国的吻技如何？”她问得一针见血。“有让你觉得飘飘然、晕陶陶，像小说里形容的那样，全身都软了吗？”

果然有用，依依探向笔记本的手僵住，拿笔的那只手，姿势从预备写字，改为紧握，仿佛手里拿的不是笔，而是一把锋利的刀子，正预备朝某人的喉咙戳去，戳出一道鲜血喷泉。

“他才没有吻我！”她整个人跳起来，激动澄清。

“没有？”伴伴睁大眼睛。

“他只是替我做人工呼吸。”她的自尊，让她骄傲得说不出，是聪明反被聪明误，假装昏倒却被占了便宜。

“那就是有亲到喽？”伴伴双眼发亮，双手握住姊姊，感动到泪光盈盈。“太好了，姊，恭喜你！”

“这有什么好恭喜的？”

“杨爱国一回镇上，就是镇上的抢手对象，想跟他相亲的女人，多到创下媒人登记人数的新纪录。”伴伴笑得合不拢嘴，感到与有荣焉。“结果，竟是你拔得头筹，今晚不知道有多少女人要在被窝里哭了。”

依依柳眉紧拧，用食指按摩着太阳穴，被一连串的消息打击得头昏眼花。“到底是哪个人在散布谣言？”

妹妹耸一耸肩膀，说出谣言制造者。

“当然是咱们亲爱的妈妈啰！”

她呻吟一声，嘴里甜甜的羊羹，此刻都没了滋味。小脑袋倒向枕头，双拳咚咚咚咚地胡乱扑打，只差没有哭号出声。

肯定是杨爱国前脚刚走，妈妈就拿起电话，欢天喜地地通知亲朋好友，镇上的抢手好货，已经被女儿订下，而且两人第一次见面，还没有手牵手，就已经啾啾啾地嘴亲嘴了。

她半偏着头，用一只眼睛看着妹妹，语音虚弱地问道：

“镇上还有谁知道这件事？”

“你应该问：镇上还有谁不知道这件事。”伴伴伸出食指，慢慢地左右摇晃着。镇民除了电视剧外，最热衷的就是八卦消息。“你还记得，开照相馆的王大伟吧？”

“就是那个热衷开地下赌盘的家伙？”她心里有不祥的预感。

“没错。”伴伴点头，愉快地宣布，“两小时前，他新开的赌盘，是赌你跟杨爱国能不能在三个月内，进展到论及婚嫁的地步。”

继承照相馆的王大伟，拍照技术称不上名家等级，但相馆时常门庭若市，全是靠着地下赌盘支撑。不论什么事情都可以开赌盘，最受欢迎的是镇上八卦赌局，这类赌局一开，有八成以上的镇民，都会踊跃参加。

但是，知道归知道，她从来没想过，会成为赌盘的当事人。

她双手撑在枕头两边，抬起头来，吹开脸上的一绺头发，冷眼看着妹妹，满腹怀疑地问道：

“你该不会也跑去下注了吧？”

“小赌怡情嘛！”

“你赌哪一边？”

“呃……”

她逼问：“哪边？”

“赌你结婚。”

“叛徒！”她再度把脸埋回枕头里。

“我才不是叛徒。是妈跟我说，你们已经接吻了。”她爬到床边，趴在枕头旁边，诉说对姊姊的忠诚。“我听到时好高兴，想说原来你眼光这么高，一挑就挑到上等货色。”

上等货色？

一想到那个“上等货色”，非但识破她装昏的拿手绝招，还故意陪她演戏，趁机吃她的豆腐，她就怒火中烧。

“什么上等货？你们都被骗了，他根本是个腹黑小人！”依依侧过脸来，咬牙切齿地说道。都说书到用时方恨少，她是骂人时才恨自己太善良，学的脏话不够多，这会儿才会词穷。

伴伴瞪大眼睛，不相信姊姊，反倒相信杨爱国。在她心里，下意识已经把他当成未来姊夫。

“才不是呢！”她辩驳着，努力说明“未来姊夫”回乡后的事迹。“不论是对谁，他都很有礼貌，陈家奶奶散步时，不小心脚踝扭到，他二话不说，就背着陈奶奶到医院。”

依依趴着不动，不言不语，却不能不听。

哼，不过是笼络人心的手段！

“他对小孩也很亲切。”

先是老人，接着是小孩，道场还没开，他就开始敦亲睦邻了。

“前天，镇上开银楼的卢太太，刚从银行领钱出来，皮包就被一个骑机车的年轻人抢了，他用跑的就追上抢匪，还把对方拎到警局。”她说得活灵活现，就像当时人就在现场似的。

“他是怪物吗？”依依终于忍不住质疑。“用跑的竟追得上机车？”杨家道场果然名不虚传。

怪物两字完全被忽略，伴伴双眼发亮，兴奋得像是在讨论动作巨星。“你看你看，他又帅又强壮，很棒吧？配你实在太合适了。”

“我看不出来，我跟他哪里合适。”

“哎啊，当局者迷嘛！”伴伴很乐观。“再说，你们有三个月时间相处，多的是时间找寻彼此合适的地方。”

依依置若罔闻，径自从床上爬起来，走到柜子前，搬开厚重的书籍，还有几个惟妙惟肖的卡通模型，最后才在最里头，翻出一个包装精致且牢固的纸箱，小心翼翼地打开。

纸箱里头，是一个塑胶制的大同宝宝，虽然年代久远，但是保存状况良好。

不同于常见的版本，大同宝宝的双眼是闭着的。这可是第一个发行的版本，唯一闭眼款的大同宝宝，市价超过三十万元，是藏家眼里的珍品，更是她的压箱宝。

“明天，我就带着它，去王大伟的相馆。”这个大同宝宝，代表她的决心！“我要拿它下注，然后再证明，我跟那家伙什么事都不会发生。”她信心十足地宣布。

“姊，当事人不能下注啦！这样太不公平了。”伴伴哀号着抗议，一旦姊姊赌上珍品，赌局就会更难以预测。

“既然要赌，还有什么公平不公平的？”依依轻轻摸着大同宝宝，对可怜兮兮的妹妹，弯着粉嫩的唇露出不留情的冷笑。“亲爱的妹妹，不用等到三个月后，你现在就可以跟赌金说拜拜了。”

☆☆☆

第二天下午。

当依依还在睡回笼觉的时候，门上传来轻敲。

不是大门，而是她的房门！

她迷迷糊糊地醒来，看着咚咚作响的房门，一时间有些茫然。这个时候，妈妈通常不在家，家里应该只有她一个人才对，而且敲门的节奏不对，也不会是妹妹。

“谁啊？”她伸着懒腰，顺手拿起床边的七号铁杆。

为了预防歹徒入侵，或是哪一天电影成真，活尸攻占世界，她测试过各种用具，最后决定打高尔夫球用的七号铁杆，最顺手好用。

“是我，杨爱国。”来人自报身份。

虽然，知道门外不是歹徒，也不是活尸，但她的双手没有松开，反而握得更紧。相较之下，门外的人威胁性比起歹徒跟活尸，可以说是更胜一筹。

“是谁开门让你进来的？”她怀疑地质问，瞌睡虫因为受到威胁，这会儿全都毙命了。

“为了方便让我陪你运动，你妈妈特地打了备份钥匙给我。”他在门外说着，无声的微笑，猜想那张精致的小脸上，这会儿是什么表情。

依依错愕得下巴都快掉下来了。

给他备份钥匙？

妈妈就这么信任他？不担心这家伙是披着羊皮的狼，趁着孤男寡女时，他就露出真面目，兽性大发地把她这样这样、那样那样了……不，说不定那就是妈妈求之不得的事!

门上再度传来轻敲。

“黄小姐，我在客厅等你，请你尽快下楼。”他很礼貌地说道。

“等一下！”她冲口而出，眷恋暖暖的被窝，才不肯轻易就范，乖乖听话跟他去做运动。“今天不行。”

门外的声音停顿了一会儿。

“为什么不行？”

依依脑中瞬间闪过千百个借口，最后，选择了一个最保险的。她放下七号铁杆，视线扫过镜子，满意地看见凌乱的头发，以及苍白的脸色，然后才打开门，隔着门链锁，用最无辜的表情、最虚弱的口气，隔着门缝看他。

“对不起，我的生理期来了。”

第三章 | Chapter 03

男女对视，一时之间两人都没说话。

杨爱国的太阳穴微微抽动，还能维持笑容不变，手心却在发痒，渴望紧紧握住什么东西，最好呢，就是这个看似娇弱无害，实则谎话连篇的小女人的纤细颈子。

原本，他还对家人保证，租地的事情，凭借他的无敌笑容，再加上从三岁到八十岁女人都无法抵挡的男性魅力，肯定很快就能解决。

没想到计划赶不上变化，地主提出的条件，完全出乎他的意料之外。而且，更棘手的是，这小女人借口万千、谎话连篇，半点配合的意愿都没有。

望着门缝里那张无辜得能让任何人都心软的小脸，他俯下身去，刻意靠近她，嘴角勾着笑，戳破她的谎言。

“不，你没有。”

柔弱的小脸，没有露出半点心虚。

“真的，我很不舒服，这种事你们男人不会懂。”她一手抚着小腹，搭配动作强调。

“那么今天早上，你为什么还能去王家相馆下注？”这件事情，镇上已经是尽人皆知，还造成不小的震撼，赌盘从一面倒，变成双方平盘。

“我的生理期是中午时来的。”她随机应变，说谎不打草稿。

门外的俊脸，盯着她一会儿，露出白森森的牙，慢条斯理地说道：“你身上没有血的味道。”

太夸张了！

“你是吸血鬼吗？”她不敢置信。

“不是，我只是嗅觉比一般人好。”他双手交叠，上下打量着她。“再说，我如果是吸血鬼，对你也绝对没有半点兴趣。”

被嫌弃的不满，让她脱口质问：“为什么？”

“看你的模样，就知道你贫血，吸血鬼要是吸了你的血，肯定会营养不良，说不定还要送医急救。”

被贬低到这种地步，依依失去耐性，懒得再跟他周旋。“总之，我很不舒服，不能出门，更不能运动，请你回去吧！”她在心里祈求，他快快滚蛋，顺手就要把门关上。

可是，门缝却维持原状，不论她怎么用力就是关不上，甚至还被推开更多一些，门链锁已经绷直到极限。

房门被他强壮的手臂卡住，所以无法关上。

“给我放手。”男女的体力，天生就有差别，更别说她这个弱女子，要跟这个健壮男人比力气，绝对必输无疑。

相对她的用力，他显得很轻松，甚至只用一只手，就能应付她。

“等一下。”他说着，另一手伸进衣服里，拿出一支圆珠笔。“再一下下就好了。”低沉的嗓音，惬意地哄着。

依依眼睁睁看着，他黝黑的手，拿圆珠笔探入门内，在门链锁的地方，熟练地转动几下，门链锁就轻易被解开。她的最后一道防线被解除了。下一瞬间，他硬是往内推挤，让她不得不因此连退三步。

“你的正职是什么？”她目瞪口呆。“入室窃盗的惯犯吗？”他解锁的方式，太叫人惊叹。

“为什么你不觉得，我会是锁匠？”他兴味盎然地问。

她回答得很快。

“因为你看起来一点都不正派。”

“哦，我好伤心。”他用大手捂住胸口。

“最好你是有心。”

“好吧，既然如此，那我就符合你的期望，用不正派的方式来进行。”他双手一摊，朝敞开的房内踏出一步，高大的身躯几乎填满门框，嘴角的微笑，充满威胁的意味。

依依慌忙往后一跳。

“你、你要做什么？”

大白鲨似的微笑再度出现，显示危机升高。

“只是稍微检查一下，你是不是不适合出门。”他笑得好邪恶，又往昏暗的房间踏入一步。“就像昨天那样检查。”他故意提醒。

她倒抽一口气。“你不敢！”

“要赌赌看吗？”他用过度温柔的声音问，掰动灵活的双手。

回忆涌上心头，想到那双黝黑的大手，昨天在她胸前轻触的奇妙感觉，她立刻举白旗投降。她才不要跟他赌，免得又被白白吃了豆腐。

“OK，OK，你赢了。”她吓得立刻抬手阻止。

“所以，不需要我检查了？”

“不、需、要！”

“真可惜。”他低笑的声音里，分辨不出真假。“给你十分钟，换好衣服下楼，我们要出门。当然，如果你想穿着这样出门，我也不会介意。”意思是，十分钟之后，要是她还没换好衣服，他还是会逼她出门。

她当然明白，他话里的威胁。

依依瞪着那张笑脸，砰的一声，用力把门甩上。

☆☆☆

十分钟之后，她终于心不甘情不愿地下楼。

除去费心收藏的经典漫画睡衣，她当然还有几件应付正式场面的衣裳，只是大病一场后，她体重下降几公斤，衣裳穿上身都显得宽松，让她看来更清丽柔弱。她挑了一件长袖衬衫，再搭配黑色长裤，再加上宽帽子、墨镜跟口罩，为了隔绝紫外线，她还戴了手套，全身上下包得密不透风。

坐在沙发上的杨爱国，缓缓站起来，黑眸半眯。

“你要穿这样出门？”她包得就像是木乃伊。

“没办法啊，你只给我十分钟，我来不及擦防晒乳，只能用这种方式遮挡阳光，免得被晒黑。”她深信追求白皙，是女人的终身目标。

杨爱国却走过来，一声不吭地拿掉她的帽子。

“啊！”她惊叫。

接着，是墨镜。

“你在做什么？”

然后，是口罩。

“快还给我。”她伸手想去抢，却给了他机会，手套转眼被脱去。“我不能这样出门，要是晒黑怎么办？”

“你太苍白，晒晒太阳对你有好处。”他不由分说，握住她的手臂就往大门走去，不让她有机会去捡回那些遮阳用品。

他的钳制很牢固，力道却控制得恰到好处，强健的大手让她无法挣脱，但却也没有弄痛她。很难相信，这么高大的男人，下意识的行动竟如此体贴。

打开大门后，刺眼阳光迎面而来，依依举手遮住眼睛，过了一会儿视线才恢复正常。虽然，她早上出去过一趟，但晨间的阳光，当然无法跟午后威能全开的烈日相比。

才站在阳光下不到一分钟，她就觉得快中暑了。

“你的车在哪里？”她急切地问，慌忙要躲避毒辣的烈日。

他莞尔挑眉。

“在台北。”

依依全身一僵，用惨遭背叛的神情，惊恐地看着他。“你在镇上没有代步工具？”

“没有。”

她想尖叫了。“那我们要怎么出门？”

“用走的。”他笑吟吟地宣布。“走路是和缓的运动，对现阶段还很虚弱的你来说，是最合适的。”

“就不能搭计程车吗？”她还抱着一丝希望。“我出钱。”

“就算你出钱买车也不行。”他彻底否决，看着她站在庭院里，迟迟不愿意踏出一步。“来吧，我会配合你的速度，不会走很快。”他对她伸出手，搭配白马王子式的笑容。

“我们要走去哪里？”她的不安，让她对他的魅力免疫。

“医院。”

她双眼圆瞠，大声哀号。“医院离这里很远啊！”

“不远，走二十分钟就到了。”色诱无效，他改为直接行动，主动握起她发冷的小手，轻拉她离开原地，逼得她只能移动脚步。“你看，一点都不难。”他边走边说，不吝啬给予鼓励。

认命的依依，几乎想不起来，上次在阳光下走路，是什么时候的事情了。她抽回被握住的手，跟在他身旁慢慢走。高大的身躯遮蔽阳光，落下的阴影巧妙地笼罩她，消减她在阳光下步行的抵抗。

就如杨爱国保证的，他们的行走速度并不快。

即便如此，她还是走不到几分钟，就开始气喘吁吁，水嫩的脸儿浮现红晕，额上也冒出汗珠，被阳光晒得肌肤发烫，觉得体内的水分都要沸腾了。

“我、我要喝水。”她呻吟着，渴望地看着路边的便利商店，不由自主就要走进去，让冷气吹走满身热气。

杨爱国却拉住她，还递来一瓶矿泉水。

“来。”他可是有备而来。

她却不领情，有了水还嫌弃。“我要喝冰的。”

“啊，我忘记说了吗？”他愉快地宣布。“从今天开始，你不能再喝冰的饮料，任何生冷的食物都要忌口，免得影响你恢复健康的进度。”

“哦。”没力气和他争执，她冷淡回应，转开矿泉水的罐子，勉强喝了一小口。

这类的禁令，医生跟妈妈早就说过不知多少回了。但是，上有政策下有对策，她有妹妹可以依靠，三天两头就偷渡美食进房，她爱吃什么就吃什么，只要不被发现就行了。

“连垃圾食物也不行。”他再加上一条，不忘举出范例，“例如，你昨天吃的薯片，就是违禁品。”

“又是你用鼻子闻出来的吗？”她讽刺地一笑。

他却笑得更开心。

“我昨天在你嘴边，看见碎屑跟盐粒。”

此话一出，依依小脸涨红。想到昨天，两人的唇靠得那么近，近到只差一点点，他就能尝到她唇上的滋味，她胸中就像有只小鹿在跳霹雳舞，心跳快得离谱，脑中空荡荡的，一句话也说不出来。

她试图加快脚步，但是他人高腿长，轻易就跟上来，嘴角还挂着讨人厌的笑，像是她的不知所措，都被他看在眼里。

心思紊乱之余，她胡乱举步，没注意到路旁一处施工尚未完成的坑洞，一脚就踩进去，身子陡然歪倒。

倏地，一只大手抓住她，将她拎出洞口。这一拉一扯的速度太快，她甚至来不及发出惊呼，整个人已经安全地站好，被扯入宽厚的胸膛，被他的体温与气味包围。

“小心一点。”他低头嘱咐，闻见她身上淡如花香的气息。那不是香水，或是任何人工调配的气味，是一种他从未闻过，却又要用尽自制，才忍住没有贪婪耽溺其中的芬芳。

她僵硬得像石像，几秒钟之后，才发觉他已经松手，不再将她圈抱在怀中。心中奇妙的悸动，让她想逃回家中，躲回安全的房间，却又知道他绝对不会允许。

“呃，谢谢。”她小声道谢，不明白心跳为什么又加速。

“不客气。”他回答。

奇异的沉默，充塞在两人之间。剩下的路程，有好一会儿的时间，两人都没有再说话。

☆☆☆

结果，他们走了半小时才到医院。

她走得太慢，就连先前脚踝拐伤的陈家奶奶，跟爱国打过招呼后，就拄着拐杖，轻易地超过他们，看方向是赶着去王家相馆下注。

不但如此，有个三岁的小孩，骑着色彩缤纷，握把还有流苏的小三轮车，故意一次又一次地在她身边绕圈圈，得意地笑得好大声。

身为最新八卦赌盘的男女主角，两人所到之处，自然都引来众人“关爱”的眼神，不论男人女人，只要是成年的，瞧见他们就双眼发亮，然后开始交头接耳、窃窃私语，猜测该如何下注。

连医院的接待人员，都特别热情，视线在两人间溜过来溜过去。

“请问，两位需要什么服务？”

“黄依依小姐要申请上一次健康检查的报告。”他奉上和善的笑容，知道这种表情，最能得到有效率的帮助。

一旁的依依，却皱起眉头说道：“我没带身份证，更没带健保卡。”申请体检报告，非但要本人到场，还需要两张证件。

“不用担心，我带了。”他好整以暇地从口袋里，拿出两张证件，赫然就是她的身份证跟健保卡。“你妈妈连备份钥匙一起交给我的。”

依依简直欲哭无泪。

家里有妈妈卖力推销，外头有热心的镇民，赌他们三个月内，就会叮叮当当地进礼堂，欢天喜地结成夫妻。就连她用珍贵的大同宝宝下注，用以宣示决心，都无法改变某些人的执念。

垂头丧气的她，跟随着杨爱国，到座位区等待。

过了一会儿，健检报告出炉。年轻的护士没把报告拿给她本人，反倒是交给杨爱国，还附赠一个娇俏的笑容，才柳腰款摆地离开。

她看着坐在对面，打开报告开始阅读的高大男人，明知这是侵犯隐私，但又悲伤地想到，妈妈连她的证件都交给他，只差没替她绑上缎带，用闪亮的银盘子装着，直接送到他卧房，请他不用客气、好好享用了，她还能妄想有什么隐私呢？

很可能连睡觉时，都习惯保持微笑的杨爱国，看着手中的报告，每看到一个项目，脸色就越来越阴沉。笑容像是被暴风雨前，厚重乌云遮蔽的阳光，一点一点地消失。

依依慢慢坐直，眼睁睁看着，他的面具逐渐剥落，最后终于半点笑容都不剩。

“请问，你太阳穴旁抽搐的那条是青筋吗？”她猜得没错，爽朗的笑容都是伪装，他的本性根本没有旁人以为的那么和善可亲。

非常缓慢地，他抬起头来，脸色难看地说道：“当然是青筋，不然你以为是什么？蚯蚓吗？”

“抱歉，我第一次亲眼看到，有人的青筋会抽搐得这么厉害。”她好奇地靠过去，仔细观察着，食指发痒，好想戳戳看。

“你很生气吗？”她明知故问。

他深深吸入一口气，过了一会儿，才缓缓地吐出，尽力让自己冷静下来。虽然，脾气是控制住了，但脸色仍旧难看，挤不出一丝笑容。

“我从来没有见过，哪个人的健康报告，会糟糕到这种程度。”无辜的报告纸，被他的大手捏紧，抓握得像陈年梅干菜般皱巴巴。“你几岁？”他咬牙质问。

依依耸肩。

“上面不是有写吗？”

“上面写着你今年二十八岁，但是光看报告，不看个人资料，我会以为受检者有八十二岁。”他压低声音，避免当场吼叫出声。“报告上几乎都是红字，及格的根本没几样。”

天啊，她甚至有脂肪肝！

她都瘦得像是风一吹，就会卷走似的，居然还会有脂肪肝。

“你上次运动，究竟是什么时候？”他漆黑的双眸，直直盯着她。

依依认真想了一会儿，有点不好意思地回答。“应该……就是读书时的体育课吧！”为了能毕业，她不能翘掉体育课。

他闭上双眼，薄唇紧抿，全身静止不动，只有额上青筋持续抽搐。一会儿之后，他用过度轻柔的语气，继续问道：

“所以，毕业之后，你就一直待在家里？”不，是那间房里！

她摇头否认。

“我毕业后就搬去台北，跟三个工作认识的朋友合租房子。”她们同住好几年，成为无话不谈的好友，还彼此掩护，躲避编辑的夺命连环 Call，熬过一年又一年，书展前水深火热地赶稿地狱。

“你们都不出门的吗？”他问得咬牙切齿。

“其他人会出门逛街，至于我嘛，不论想要什么东西，都可以用网络订购，快递就会自动送上门。”她心虚地低下头来，把玩着指尖，避开视线不跟他接触，却还是感觉得到，他散发的怒气。

“你们轮流煮饭？”

回答的声音更小了些。

“不是。”

“你们租的地方，难道没有厨房吗？”

“当然有，但是，没有人会煮饭。”她双手一摊，觉得好冤枉，又没有做错事情，为什么要被如此质问。“住在台北，外食很方便啊！”

“这就是你不运动，又长年外食的结果。”他递出紧捏成束的报告，近得差点就要戳到她脸上，声音低沉到变成厚重低吼。

“呃，有一段时间，阿志为了追求玫瑰，曾经来为我们煮过三餐。”哼哼，她也不是都吃外食。“他的手艺好，不论中餐、西餐，还是甜点，他全都做得出来。”

“哪个阿志？”

“张志扬。”她骄傲地说。“就是那个被大联盟，用新人最高签约金签下来，在美国打棒球的张志扬。”任何人提起张志扬，都会竖起大拇指，夸赞他的棒球打得好，看不懂棒球的她，却只怀念他的厨艺。

杨爱国拧着浓眉，想起先前的新闻。他是知道那个打棒球的张志扬，娶了一个写小说的女人，却没有想到，那个女人跟依依相识。

“你朋友嫁给棒球健将，而你却把自己搞成这样？”

“我本来身体也不错。”顶多就是时常感冒，夏天怕热、冬天怕冷罢了。“是因为阿志跟玫瑰要搬去美国，我拼命连写了三本书，因为太过专心，忘了睡觉、忘了吃饭，才会病倒，回到家里休养的。”

“你居然能忘记睡觉跟吃饭？”他严重怀疑，她的神经是不是缺了一条，而且是最粗最大的那条，竟然能不分日夜地沉浸在工作中。

长年不运动、重油重盐的外食，再加上日夜颠倒的作息，她会病倒是迟早的问题，出国之前的赶工，是压垮骆驼的最后一根稻草。

“这根本是诈欺。”他喃喃咒骂，用手指扒过乌黑的发。“三个月？只有三个月的时间，竟然要我把你满江红的体检，复原到正常指数？”徒手去攀登喜马拉雅山，说不定都还容易一些。

依依清了清喉咙，引起他的注意。她用最认真的态度，趁他对体检报告，还处于震惊状态的时候，理智地跟他讨论。

“既然你看过报告，就能明白，我妈开出的条件，根本不可能达成。”她望着那双黑不见底的眸子，微微往前倾身。“所以，我有个提议。”

黑眸眯起，他神色如谜，猜不出情绪，只静静地问道：

“什么提议？”

“你现在就放弃，尽快去找另一块地。这么一来，你不需要浪费时间，我也能安心地过日子。”这就是她打的如意算盘。

只要他点头同意，她就要立刻去王家相馆，抱回大同宝宝……当然，她会搭计程车去！

偏偏，她等了又等，他就是不点头，深幽的黑眸直视着她，看得她浑身不舒服，汗毛一根一根都竖了起来。

许久之后，杨爱国才开口，声调平静地说道：

“那块地最适合盖道场，没有第二个选择了。”

唉，男人！

“做人不要太执着，你何必——”

他伸出手，打断她的劝说。

“再说，镇上人们都知道，我要租那块地，也答应了你妈开出的条件。”他弯起嘴角，露出让人不寒而栗的冷笑。“我说到就要做到，拒绝挑战不是我的作风，道场更不能还没盖，就失去信用。”

协商失败，她陡然一惊。

糟糕，这个男人铁了心，要赌上道场，跟他祖宗十八代的名誉了！

依依缩在椅子上，像遇见猛兽的小动物，在他满是决心的注视下，吓得瑟瑟发抖。他虽然在笑，但是却笑得好可怕，比他满脸怒意时，更教人胆战心惊。

高大的身躯离开椅子，站在她的面前，狞笑地宣布：

“你摆脱不了我的。”

第四章 | Chapter 04

从此，她安逸的日子正式宣告结束。

杨爱国对旁人还是笑容可掬、礼数十足，唯独面对她时，就凶恶地咆哮，露出狰狞的真面目。她不过是习惯性赖床，多睡了一些些，他就用蛮力把她的房门拆了，还当作垃圾丢掉。

害得她现在，只能用卡通图案门帘，作为临时遮蔽，勉强自我安慰，这样还算能保有一丁点的隐私。

拆掉房门的凶手，没有像前几日那般，暴躁地在客厅等待，监督她把鲜奶蔓越莓馒头，一口一口地吞下去，再出门去散步。今天，他带来众多食材，正在厨房里仔细处理。

老妈对她的鲜奶蔓越莓馒头的攻击，猛烈到连他都看不下去了。

依依换好宽松舒适的运动服，闻声走到厨房门口，踮起脚尖张望，拒绝朝里头再多走一步。这样的距离，已经足够让她看见，他带来的新鲜蔬菜、水果跟肉类，都是她觉得太麻烦，嫩嫩十指拒绝触碰的食材。

“你会做菜？”她倚靠在墙上，讶异地看着他站在料理台旁，分类处理食材的熟练动作。

“为什么你觉得我不会？”他头也不抬地问。

“我以为，只有数量非常非常稀少，媲美濒临绝种动物的好男人，才懂得怎么做菜。”她补充了一句。“例如，阿志就是。”

话中的弦外之音，让他抬起头来，微微挑眉。“你认为我是坏男人？”

“当然。”她想都不想。

“为什么？”

杏眼圆睁，她将嫩如水葱的食指，指向房间的方向，不敢相信他竟然有脸反问。“你刚刚不但闯进我的房间，还拆了我的门耶！哪个好男人会做这种事？我都该打电话去报警了。”

“我是为了你的健康着想。”他回答得理所当然，强健得能轻易拆门的双手，正轻柔地仔细洗去蔬菜上残留的泥土。

翠绿的蔬菜，细致又娇嫩，衬得他的双手更大，而且不可思议地温柔。如果他此刻，碰触的不是蔬菜，而是女人的肌肤，在他指下的女人肯定会情不自禁地发出呻吟……

停!

她在心中命令自己。

停下来，不要再胡思乱想了！这一定是她长年写言情小说造成的坏习惯，才会看着他的手，就产生遐想。

依依强迫自己移开视线，不要持续盯着他的双手看。“好男人更不会在见面第一天，就趁机吃我豆腐，摸我的……我的……”

尝试了几次，双颊发烫的她，还是说不出口。

杨爱国却好声好气好愉快地接话。

“胸部。”

她差点跳起来，又羞又恼。“你还敢说！”

“我已经摸过了，为什么不敢说？”黑亮的双眸，落到她衣衫下起伏的曲线，毫不掩饰纯男性的欣赏。“对了，你虽然瘦，但身材不错，别再穿宽松的睡衣，那让你看起来像是未满十八岁。”

虽然，包裹在睡衣下的娇躯，完完全全是个惊喜。

他仍旧记得，触摸那处软嫩时的美妙手感。她不是丰满的性感美女，但肌肤宛如丝绸，没有内衣阻挡，她的雪嫩隔着睡衣落在他掌心，形状完美且重量销魂，让他下腹窜过一阵热流。

好在两人之间，还隔着料理台，不然她肯定会看见他的窘迫，然后吓得夺门而逃。

毫无疑问，她在男女方面，只有过多的幻想，却没有实际经验。证据就是，他只是提到她的胸部，那张小脸就红得像是熟透的番茄。

“这是性骚扰！”她愤怒指责。

“这是赞美，不过，我是很宽宏大量的，就算你不说谢谢，我也不会介意。”他咧嘴笑得很开心，欣赏她怒火中烧的模样。此刻的她，双颊因愤怒而晕红，眸子也有了光彩，远比平时病恹恹的样子更好看。

依依当然不会说谢谢。她决定不再讨论这个话题，抬起小脸虚张声势，冷冷地哼了一声，然后用微微过快的脚步，走到客厅舒舒服服地坐下，丢他一个人在厨房里忙碌。

沙发很舒适，加上她还是习惯晚睡，早晨被迫清醒，缩短了她的睡眠时间，才坐下没多久，她就困得受不了，眼皮好重好重……

啪！

一声清脆响指，吓得她惊醒过来。

杨爱国来到桌边，把装满食物的餐盘，一一摆放在桌上。从他的成果看来，在叫醒她之前，她已经睡了一会儿，但是感觉起来，就像是只有几秒钟，对瞌睡的她来说完全不够。

“我好困。”她抱怨。

他眯起眼睛，黑眸迸出怀疑。

“你昨晚几点睡？”

“很早啊，九点或十点。”为求逼真，她努力装无辜，把眼睛睁得大大的，不敢说出实情。“我一定是运动过度，才会一直睡不够。”她干脆怪在他身上。

“我会想办法，改善你的睡眠问题。”他眸光略闪，难得没有戳破她荒唐的借口，只是把一盘满满的沙拉，推到她的面前。“现在，先来调整你的饮食。”

沙拉盆里有莴苣、番茄、甜椒等，各色新鲜蔬菜，为了她的体质着想，还费心地先用热水稍微汆烫，入口不会冰冷，再撒上压碎的坚果……问题是，里面一块肉都没有，更别提炸得酥脆的培根！

“我又不是兔子。”她严正抗议，伸出双手交叉，做出一个大大的拒绝手势。

他置若罔闻，在沙拉上挤了柠檬汁，再淋上橄榄油，利落地用刀叉翻动均匀，再撒上干燥的罗勒，还有一些黑胡椒。然后，他抬起头来，嘴角微扬，好整以暇地看着她问道：

“现在，你要自己吃，还是我喂你吃？”

看着那双黑得发亮的双瞳，还有那白到发亮、足以去拍洁牙广告的牙，她感受到强烈的威胁，清楚要是不乖乖吃下去，他绝对会心情愉悦，快快乐乐地将那盆草强塞到她嘴里。

俗话说得好，识时务者为俊杰。

她虽然不算俊杰，却非常识时务，双手立刻抢下刀叉，为了避免由他代劳，决心就算是当兔子，吃掉这盆草也无妨。

叉子尖端戳刺起一块番茄，她无可奈何地往嘴里送，原本想嚼也不嚼，直接吞下肚子里就算了。但是，柠檬的清新、熟透番茄的酸甜，跟香料与橄榄油混合的滋味，好吃得让她双眼一亮。

这跟她印象中，没有加入大量浓浓调味料，吃起来就味如嚼蜡的生菜沙拉完全不同，让她一口接一口，叉子几乎没有停顿下来。

“吃慢一点。”他双手枕在颈后，悠闲的神色里，有明显的得意。“记得多咀嚼，才不会增加肠胃的负担，你的身体也能更有效吸收营养。”

“你在里面加了什么？”她津津有味地吃着莴苣，从来没有想到，以往嫌弃到不行的生菜沙拉，竟会如此美味。

“什么都没有。”他懒洋洋地说道。

“不可能，这跟我在台北吃的完全不同。”她忍不住再吃了一口番茄，享用那酸甜多汁的滋味。差点闷哼出声。

“因为鲜度跟种植方式，跟你以往吃的不同。”他喜欢她品尝美味时毫无保留的模样。“镇上推行有机农法，早就成为食材宝库，再加上这些全是今早刚采摘的，新鲜的食物当然好吃。”

“嗯嗯。”她忙着咀嚼甜椒，没有空说话，只能发出模糊的应和声。

过了一会儿，沙拉盘就被清空，只剩些许橄榄油跟香料。

依依放下叉子，叹息似的呼了一声，吃得好尽兴。起初几天，她只是习惯性的赖床，这是从未有过的经验，简单的生菜沙拉，带给她的满足感，竟足以媲美最奢侈的牛排大餐，或是精致的法式甜点，甚至更胜一筹。

“再吃吃这个。”他把另一个盘子递过来。

这次，她没有拒绝，反而充满期望。

白色的瓷盘上，有着两颗水波蛋，还有外酥内软的小面包。她没用刀叉，直接用手撕开小面包，蘸取未熟的蛋黄，小心翼翼地送入口中。

如果说，生菜沙拉是个惊喜，那么水波蛋简直就是天堂。

浓郁的蛋黄滋味，润软了面包，味道各自分明，却又搭配得绝顶美妙。这实在太神奇了，她很珍惜地吃完，要很努力克制，才没有在他面前，贪婪地把盘子舔干净。

“面包是手工窑烤，一个小时前才出炉，完全天然，不含任何化学添加物。至于鸡蛋，是从你家冰箱拿的。”他慢条斯理地说，虽然知道，却还是想听她亲口说出来。“喜欢吗？”

喜欢吗？她爱死了！

不过不想让他太得意，依依抬起下巴口是心非地说：“咳嗯，勉勉强强啦。”

瞧着她那倔强的可爱模样，他几乎笑了出来，她却在这时伸舌把唇上的蛋黄舔掉，一副意犹未尽的模样，教他一时忘了呼吸。

她没完全舔干净，遗漏了一处，在他能思考之前，身体已经先有动作。他伸出手，缓慢抹去她唇边，一滴被遗落的蛋黄，在注视她的同时，放到嘴边吮掉。

时间像是在那一瞬间静止。

这举动太过亲密，她虽然描写过，但是亲身体验又是另外一回事。她完全忘了食物的滋味，感觉身体窜过电流，连脚指头都蜷缩起来，小腹暖烫烫的，所有感官都活络到危险的地步。

那甚至比触碰她的胸部，更性感千万倍。

杨爱国则是在看见她羞得从脸颊到白嫩的颈子，都变得红润时，才讶异地察觉自己做了什么。他的唇舌间，尝得到蛋黄的浓郁，连指尖都感受得到她的柔嫩。

两人动也不动地注视着对方，都有些尴尬。

过了一会儿之后，他主动坦承。

"我不是故意的。"

"哦。"她面红耳赤地应了一声，知道这不算道歉。不知为什么，她也不希望他道歉，她当然会介意，甚至很可能一辈子都忘不了，他无意中做的事。

因为不是故意，所以，就像是限量品一样，反倒更显稀有……

她该要指责他，或是怒骂他，但是她只能全身发软，脸红心跳地坐着，胸中又暖又甜，像小说里标准的女主角，在坠入情网的瞬间那样，无助地看着这个男人，仿佛现在才发现，他有多么性感迷人。

尤其，是他的薄唇，当他说话的时候，他的唇……

等等，他在说话！

依依猛地回过神来，惊慌地望着，他浓眉半挑的疑问表情。

"对不起，你刚刚说了什么？"她在心中祈祷，千万不要让他发现，自己竟看着他就做起白日梦。

"你吃饱了吗？"他重复先前的话。

"嗯，呃，吃饱了。"她的脸还是烫的，"谢谢你。"

不同于她的羞赧，他身躯紧绷、动作僵硬，收拾餐具回厨房清洗时，餐盘跟刀叉几次碰撞，敲出刺耳的声音。要不是先前亲眼看到他清洗蔬果的熟练动作，又亲口尝过他的好厨艺，她肯定会以为他跟她一样厨艺生疏。

将刀叉跟碗盘都归位后，他擦干双手，走回客厅里，用有些僵硬的语调，说出这几天以来，每天早晨都会重复的话语。

“走吧，该运动了！”

☆☆☆

运动的疲劳，远比赶稿更辛苦。

赶稿还能有个目标，只要写到结尾，在档案最尾端，打上“全书完”三个字，就能欢呼解脱，跳上床去补眠，一口气睡个几天几夜，不论地震、海啸、任何人为或自然天灾，都不能阻止她睡到饱。

那时住在台北，天高娘亲远，室友都是同行，能相互体恤。

呜呜，她多么怀念那段美好时光。

现在的她被管得牢牢的，睡眠被迫缩短，几次深夜里都支撑不住，不小心打了瞌睡，就错过上网到国外网站竞标抢购动漫限量商品的机会，害她扼腕不已，欲哭无泪。

说来说去，都是杨爱国害的！

要不是他决心要改变她的生活习惯，每天逼她早起，到国中操场去运动，像傻瓜似的一圈又一圈地走着；下午安排的则是伸展操，加强她身体的柔软度以及肌肉耐力。

虽然，午餐也很美味，切得每条都宽度相同的新鲜木耳丝，搭配晒足阳光，红润饱满的番茄切块，一同放进铸铁锅里，用少许的干贝丝，还有盐巴调味，稍微炖煮一会儿，兼顾营养与健康。

菜肴美味，掌厨的男人脸色却很难看。

这几天以来，他不曾像那次，失控触碰她。相反地，他的脸色越来越阴沉、口气也越来越粗鲁，像在预告狂风暴雨前的低气压。

至于依依呢，绝对不是小说里那种逆来顺受的小可怜。他的咆哮怒吼，跟她的伶牙利齿双方你来我往，目前鏖战到平手，谁也不肯吃亏。

紧绷的气氛，一次一次的累积，两人间气氛越来越火爆。

午饭之后，休息三十分钟，又到了伸展操的时间。

客厅的家具被他用蛮力轻易挪开，空出偌大的地板，放置两张瑜伽垫，还有擦汗用的毛巾。

“我还要休息。”她坐在沙发上，不肯起身。

“过来。”他双手叉腰，冷声下令。

“你就不会想冲澡吗？我一身是汗，好不舒服。”她扯了扯运动衣，故意拖延时间。他的口气要是礼貌点，那她还可以考虑考虑，但是他口气如此粗鲁，就休想如愿。

“过——来。”他咬牙。

“我要先去冲澡，卸掉防晒，然后……啊！”话说到一半，她陡然惊叫出声，被不耐烦的他抱起，从沙发丢到瑜伽垫上。

“你这个野蛮人！”她气呼呼地指控，虽然被摔，除了自尊心之外，倒也没有受伤。

“只要有效，用什么方式都行。”他站在一旁，居高临下地睨视着那张气红的小脸，不留情地督促。“快点，先做暖身，不要浪费时间。”

拖延无用，依依缓慢站起来，好不容易压下怒气，把呼吸调整得平缓，才按照这几日的经验，从暖身操做起。

做到第四个动作，她稍微迟疑，他就冷言讥讽。

“忘了吗？我还必须示范几次？”杨爱国双手环抱胸前，更显出肩膀的宽厚。“错了错了，刚才那个动作，你漏做了左边。你在想什么？还是睡着了？”

“如果你不啰唆，我就不会做错。”她不服输地顶回去。

“如果我不啰唆，你现在还躺在床上，睡到晚上才会起床。”他双脚跨开与肩同宽，高大如异国的神祇。不过，绝对是脾气很差的那种神。

被戳中要害的依依，咬着下唇，做完十次一套的暖身操，告诉自己沉默不是败北，是她情操高贵，懒得跟野蛮人计较。

暖身操结束，她双手合十，双脚左右分开五厘米。

这套瑜伽动作，在古时候最初是由战士练习，能柔软全身、促进血液循环、调整体质，现代人用来强健身心，对她这种大病一场后，体力虚弱的人也很合适，一套总共有十二个动作。

以往，杨爱国会示范，让她跟着做，这么一来不需考验记忆力，看他强健的肌肉，流畅的运动也挺养眼的。

但是他今天却站在一旁，不再为她示范，只在一旁监看。

哼，不示范就不示范，她才不会开口求他！

再说，她的记忆力又不差。

依依做起第二式，双手先往前再往上，然后手肘跟膝盖打直，手与头部尽量后仰。她尽量做得正确，无奈肌力不够，双脚颤抖得好厉害。

“很冷吗？抖什么抖？给我站好、站直！还有，这动作是为了尽量往上伸展，不是往后弯！”

专心！专心！

她不去理会，把他无理的咆哮当成耳边风，在锐利的视线下，做起第三式，缓慢地往前弯腰，尽量伸展身体。指尖却只能伸到膝盖的高度，就僵硬地卡在原处，再也弯不下去。

“八十二岁的人做得都比你好。”他严苛地评论，故意炫耀似的，在她旁边示范，双掌都能完美地平贴。“看到没有，要做到这样。”黑眸透过凌乱的发，不满地瞪了一眼。

她挑衅地瞪回去。

这套照理说应该能平心静气的瑜伽，非但不能让她心情平静，因为有他的冷嘲热讽，反而令她心浮气躁，胸口热得发烫。她说不出原因，只感觉越来越厌烦，就像是觉得口渴到极点，却喝不到一口甘泉。

相较之下，杨爱国的状况也没好到哪里去。

他活像是吞了火！

进入第四式时，她试图专心，膝盖弯曲，左脚往后伸。以往，她做这个姿势，一定会因为肌力不够，颤抖地跌在瑜伽垫上。

这次，她也做好跌倒，跟被讽刺的准备，料想不到的是，宽厚的大手探来，扶住她的腰与臀部，支撑着她保持标准动作，没有像以往那样跌倒。

依依却倒抽了一大口气，迅速转头，快到颈部发出“咔”的一声脆响。“你在做什么？”她的视线，紧盯在腰部的大手上。她看不到臀部，却能清晰地感觉到，他的手放在那里。

老天，他的手好烫！

“帮你维持姿势。”他不耐地回答。

很明显地，对于两人间的碰触，对她的影响，远比对他来得大！她心慌意乱地想着，像是被放在炉火上烤的小兔子，被烫得几乎要呻吟出声，即使拼命想要专心，却因为他的体温，一而再地分心。

知道她要是不做完，他不会轻易饶过她，依依只能在他的协助下，她颤抖着做完这个动作，当他的双手离开时，她已经汗水淋漓，运动服几乎可以拧出水来。

呼，专心！专心！

她艰难地做下一个动作，用软弱的双臂，斜撑着身体，同时敏锐地感觉到，他走到身后，锐利的黑眸注视着她。

然后，她必须……

依依僵住了。

身后，传来动作提示。

"不要僵着，屁股抬起来。"

她的脸都红了。先前他示范时，她每次都把握机会大饱眼福，欣赏他做这个动作时，挺翘诱人的臀部曲线，还觉得男性内裤厂商，没能找他去拍广告，实在是太可惜了。

因为看过了很多次，所以，她清楚地知道，他站在后头，所能看见的是什么景况。

"抬高，翘起来！"他不满地蹲下来，抓住她的腰，强迫她把姿势做对，翘起心形的小屁股。

依依咬紧牙关，怀疑人类有没有可能羞耻致死。

"你、你……"她伸出手，拼命挥舞，"你站到前面去啦！"

他在看吗？在看吗？噢，她没有勇气回头查看！

“为什么？”他双手抱胸，明知故问，毫不客气地欣赏眼前美景。“这里的景色很好。”

他居然敢说出来！

“给我站到前面去。”她嘶声警告，恢复平躺姿势，拒绝在他离开前，白白任人欣赏臀部曲线。

极为难得的，他喉间竟然滚出低沉的笑声，好心好意地没再为难她，真的走到前面去。确定眼睛能看见前方的一双男性脚掌，她才艰难地抬起臀部，压低脊椎，把动作结束。

下一个动作，被称作蛇式。

她脚跟并拢，靠肘部关节的力量，缓慢地撑起上半身，视线也自然而然地往上移，看见他的小腿、他的膝盖、他的大腿，他牛仔裤下明显地紧绷隆起——

两人同时停了呼吸。

“你站在这里做什么？”她羞愤地大叫。

“是你要我站在这里的！”他恼怒地大步跨开，因为胯间的亢奋，姿势僵硬且不自然。他走到窗帘旁边，试图冷静下来，脑中却不断回想起，她脸儿红润、双眸水汪汪、嫩唇微张，毫无防备地从下仰望他的模样。

“该死，我在躲的就是这个！”他粗声咒骂。

恼羞成怒的依依，不甘心白白被骂，急忙要撇清。“你会、会那样，跟我无关……”一切都是巧合，她可没有勾引他的意思。

灼热的黑眸扫来，瞪着她润红的小脸。他的下腭紧绷，理智挣脱羁绊，苦苦克制的情绪奔泄而出，连日来因遏制渴望，越来越旺盛的怒火，其实都是充沛的情欲。

他大步走过去，扣住她的下巴，用粗糙的指，摩擦她软嫩的唇。

“别想撇得一干二净。”他沙哑地警告，将她拉进怀里，注视那双有着惊慌不知所措，还有陶醉的双眸。“这次，我是故意的。”他薄唇饥渴的印上她的唇瓣。

这是一个火辣辣的吻。

唇与唇的相贴，完全不能满足他。他像贪婪的野兽，需索她的反应，灵活的舌喂入她口中，因为压抑而难以体恤，放肆地纠缠她的甜蜜、吸吮她的嫩舌，以唇舌教导她男女的爱欲之舞，当她青涩地回应时，他发出狂喜的低吼。

初次被吻，就是这么狂乱的热吻，她不知所措，被吻得昏昏沉沉，任由他尽情侵略，吻得更深、更重。

朦胧之间，她脑中闪过一个念头。

她的大同宝宝有危险了！

第五章 | Chapter 05

他吻了她。

依依感觉自己像是在飘浮，还是沉溺在某个最深的梦境里。那场梦，被理智压埋得好深，深到清醒的她绝对不会承认，曾做过那样羞人的梦。

但是，当他粗糙的舌舔过她细嫩的唇瓣，引起一阵难言的酥痒，惹得她战栗，无助地贴近他的胸膛。

他太粗暴、太急切，让这个吻有微微的甜、微微的疼。

直到杨爱国缓缓退开时，她已经满面娇红，气喘吁吁，一时片刻还回不过神来。

凝望着她的那张俊脸，充满男性的满足，粗糙的指在她半开的唇瓣上游走，薄唇勾着慵懒的笑。先前的暴躁，因掠夺到甜美的吻，全都烟消云散。

依依轻喘，双眼蒙眬，几度想要开口。

“别说你不喜欢。”他眯着眼，慢条斯理地警告。

“我……我……我……”

还来不及“我”出个下文，火烫的薄唇又印上，蹂躏她的敏感，将她的慌乱吻去，再三侵略她的甜蜜。他高大沉重的身躯，将她压卧在瑜伽垫上，起初引得她轻吟抗议，但当他吻得更深时，她只能娇弱地臣服，颤抖的双手紧紧攀住他的肩膀。

当这个吻结束后许久，依依才慢慢回过神来。

发觉自己的双手还攀附着杨爱国宽厚的肩膀，指尖甚至无意识地流连在他被剃得短短刺刺的发根时，她吓得双手一松，两手咚咚落在瑜伽垫上，美丽的双眸瞪得又圆又大。

“为什么松手？”他低下头来，靠在她耳畔，像一头被驯服的猛兽，贪婪地在耳鬓间厮磨。“我喜欢你摸我，很喜欢、很喜欢。”

亲昵的话语哑似低吟，诱得她心神荡漾，差点又要伸出手，去碰触他的黝黑的肌肤，她记得他光滑的肌肤，以及他薄唇的味道，她……她……她……

她在做什么？

依依陡然间清醒过来，小手在触及他的前一秒，转为平贴，拼了命地用力推阻，执意要分开两人的距离。

“放开我！”她慎重警告，红润的小脸却起不了威吓作用，格外地诱人。

他顺从渴望，在娇嫩的脸上，啄了个响吻。

她吓了一跳，连忙伸手，遮住烫红的双颊，就怕会再度遭遇突袭。

“你、你为什么要这么做？”该是严厉的喝斥，她却因为自己身为“共犯”，软弱地被他一再热吻得逞，还被诱得回应，因此立场不稳固，语气也狠不起来。

“因为，你一直在诱惑我。”他低声笑着，翻开身躯，单手支撑脑袋，好整以暇地指控，把责任都推到她身上。

“我才没有！”她猛烈摇头。

“好吧，是我一直被你诱惑。”他不坚持，改了个说法。“不要否认，我逮到不知道多少次，你偷偷用水汪汪的眼睛，像是猫儿看一碗奶油，直直盯着我看。”

依依连忙移开视线，双颊烫得快烧起来了。原本以为，神不知鬼不觉地“欣赏”，被当事人发现，还被说破，她羞得想挖个地洞，把自己埋起来，一辈子都躲在里头，再也不敢面对他。

粗糙的指掌，轻扣住她的下巴，将她的脸儿转回来，坚持要她看着那双黑眸中的烫人火焰，不许她移开视线。

“嘿，不要害羞。”他轻声说道，薄唇弯起，慵懒又邪恶。

“我也一直在看你。只要有机会，我就在用眼睛剥你的衣服。”差别只在于，她始终没有察觉。

依依倒抽一口气，罪恶感消失不少，心中倒是涌现怒气，双手捏成小拳头，气恨自己技不如人，没逮到他半次，不然肯定要戳瞎他那双色眯眯的眼睛。

话说回来，也难怪这阵子，他们之间的争吵越来越白热化，他越来越暴躁、她越来越尖锐刻薄，完全就是因为欲求不满。

两人只要存在同一个空间，空气里就充满无形的闪电，都擦出火花了。

回想起来，明明都有迹可循，每一个碰触、每一个太过靠近的呼吸、每一个掩饰在怒气下的翻腾欲望，她明明就巨细靡遗写过不知道多少次，偏偏遇上的时候，就成了睁眼瞎子，落了个当局者迷。

但是，他的大肆侵略，让生性保守的她，忍不住退缩，努力佯装出冷静的姿态，用上小说里的标准台词，刻意抹杀他对她的震撼。

“这没什么，你是男人、我是女人，我们之间刚好有强烈的化学作用。”她双手一摊，强迫自己耸耸肩，一副不为所动的模样。

薄唇下撇，明显不以为然。

“你难道感受不到，刚刚有多么特别吗？”他眯起眼，握住她的手，不舍得离开那抚触太久的娇嫩。

她脸儿一红，心虚地转开视线。

“我、我不那么觉得……”

他非要问到底，挖掘出真正的答案。

“怎么可能？你曾经有过那样的吻吗？那不仅仅是一个吻，是我以唇舌在爱你，你的呼吸、你的喘息、你的呻吟都——”

她再也听不下去了，气恼地怒叫：“我没有经验啦！”

这，才是答案。

这么生猛的情欲，对她来说是初次。她无法分辨，此时此刻的撼动、难以置信、想再吻他，与想再被他紧拥热吻等紊乱情绪，对他来说也是罕有的珍贵，还是稀松平常？

“这是你的初吻？”他不可思议地问。

依依小脸涨红，匆忙否认。

“才不是。”

“你刚刚不是这样说的。”他戳破她明显的谎。“你说你没有经验。”

依依小脸更红，尽力辩解：“我、我、我是说我没有被这么粗鲁吻过的经验——”

“那你之前吻过谁？”

“呃……呃……”她脑中一片空白，一时片刻挤不出个名字。

讨厌，这是她的弱点，每次想小说男主角的名字时，总是会卡住，想好几天都想不出来，何况当他的脸逼得那么近时，她连以前写过的每一本男主角名字都想不起来。

“这是你的初吻。”他重复确认，黑眸跳燃火焰，半晌之后，才低声说道，“相信我，这很特殊，非常特殊。”他将她的手握到唇边，敛下冲动，近乎温柔地吻着她的每个指尖。“别担心，我会教你。”

以往，他从不在乎这件事。

但是，当对象是这个倔强可爱的小女人时，他愿意承认，自己是个该被天打雷劈的大男人！

她的青涩让他愉悦，引起更强的占有欲。

依依像是被催眠，望着吻在指尖的薄唇，无法转移视线。每当他的唇触及她的指尖，她的心跳就会加快，用力到胸口微微地发痛。

“怎么教？”她小小声地问。

他露出迷人又罪恶的笑，强烈的诱惑，简直凡人无法挡。

“我们可以交往。”热烫的呼吸，吹拂过她嫩嫩的掌心，满意地看着她难以遏止的轻轻颤抖。

“交、交往？”她愣愣地重复，嫩红的小嘴半张，诱得他又想吻她。

“没错，我可以教导你，你好奇的一切。”他像是狩猎的蛇，跟她颤抖的娇嫩肌肤，只有一个舌尖的距离，靠到她耳边低语，连声音都很邪恶。“甚至，是你那颗小脑袋从未想象过的东西。”

“我写过七十几本言情小说。”她小小声地警告，提醒他，她虽然青涩，但是想象力绝对不枯竭。

他大胆地笑了。

“不用担心，我的‘教材’很多，绝对超过你的想象。”他充满自信，一身健美的“教材”，毫不吝啬地横陈，对女人来说，比最美味的甜点更诱人，几乎想靠上前，舔吻他的肌肤，吮尝看看是什么味道。

“我、我、我……”依依用力喘气。

“嗯？”

“我……”

“你为什么迟疑？这可是大好机会，一个心甘情愿的男人，为你提供健康的肉体，完全任由你蹂躏。”

她心头一跳，口干舌燥。

“我才不会蹂躏你！”

他笑得更邪恶。“我会教你。”

噢，天啊。这句话让她旺盛的想象力沸腾了起来。

不行，她快要不能呼吸了！

“我、我……”

“答应我。”

“我……”她被逼到无处可退，蓦地小手一扯，像是溺水者抓住最后一根稻草，脱口说出薄弱的借口。“我要去洗澡！”

他浓眉微微挑起，没有逼迫得更紧，顺势抬高身体，让她笨拙地扯出铺在瑜伽垫上的毛巾，黑眸始终锁在她娇红的小脸上，舍不得移开视线。他爱极了她的羞怯。

脚步踉跄的依依，慌忙往浴室的方向走去，因为感受到背后火一般的视线，急切得忘了穿室内脱鞋，裸足心慌慌地踏进浴室，直到脚心贴上浴室地板磁砖，感到一阵凉沁时，才好不容易松了一口气。

直到关上浴室的门，隔绝杨爱国的视线后，她手里的毛巾才松开，整个人也因为腿软，软绵绵地坐在浴室地板上。

呼，冷静！冷静！

她再三告诉自己。

书里那些女主角，遇到这种情形时，都有什么反应？

她绞尽脑汁地想了又想，却想不出任何一种反应，适用于现在。想象的一切，在真实面前都褪色，她的身体至今还摆脱不了他触碰她的后遗症，肌肤的每一吋都记忆着他的触摸、他的呼吸——

“你没事吧？”

贴在门上的低沉嗓音，还有震动门板的轻敲，吓得她差点跳起来。

好在，有门板挡着，他看不见她此刻的怯懦。

依依正在偷偷庆幸，门外的爱国没听到回应，又问了一句。

“依依？”

为什么就连他唤着她的名，听能让她心里一阵慌、一阵甜……

“你没事吧？”低沉撩人的男性嗓音，因为担忧，变得严肃。浴室的喇叭锁猛烈地抖动，连带波及门板，整扇门几乎就要被扯下。“依依！”

她这才回过神来，连忙回答：“我没事！”

无辜的门板，这才免去被拆坏的命运，不再抖个不停，喇叭锁也安全躲过一劫，没被门外强壮得媲美无敌铁金刚的男人当场拧下来。

“你在做什么？”他关怀地问。

谎言脱口而出。

“我在洗澡！”她喊得很大声，急切地希望他快点离开。

几秒之后，门外传来回应。

“是吗？”

“是、是啊！”她是不是听见，他的笑声？

“我没有听见水声。”

依依暗骂了一声，匆忙去扭开水龙头，让水哗啦啦地流，她还特别转到最高出水量，才能制造出足够声音，就是要让门外听见。呼，这下子总行了吧！他还能挑剔出什么破绽？

“依依？”

“做什么？”

“你脱衣服了吗？”

她脸色一红，连忙抓起毛巾。“你在偷窥！”

低沉的嗓音轻笑，醇如上好年份的陈酒。“我没有。”

“那你怎么会知道我穿着衣服？”话一出口，她就气得想咬断舌尖。聪明如她竟会落入这么简单的陷阱，乖乖地不打自招，要是被以前的室友们知道，肯定会被嘲笑到六十岁！

“水声。”他语中带笑，说出答案。“我听得出来，水是直接落在浴室地板上，跟落在肌肤上的不同。”直接落在地板上的水声太响亮，出卖了浴室内的真相。

依依起了一身鸡皮疙瘩，警戒地看着门板，娇小的身躯一动也不动。他都说得那么清楚了，代表着她要是脱下衣服，走到水龙头下时，他就能从水声判断，她是不是真的在洗澡，甚至是洗到哪里——

“你给我走开！”她因羞耻而萌生勇气，对门外大声喊叫。

“为什么？”

可恶，她真的听见他的笑声了。

这个男人明知故问！

绷着烫红的小脸，她深呼吸了几次，才说得出答案。“因为你站在那里，我没办法洗澡啦！”这就是他的目的，非要逼着她承认，就算隔着一扇门，他也能轻易地影响她。

达到目的的爱国，在离去之前，对着门板说道：

“好好洗吧，我到客厅去了。”说完，他刻意加重脚步，让她能安心听见，他真的离去。

浴室里的依依，咬住紧握的粉拳，克制着不发出呻吟。

天啊，为什么简简单单，没有任何含意的两句话，从他的嘴里说出，就能让她的遐想联翩，脚软得站不起来？

☆☆☆

“交往？”

笔记型电脑的屏幕里，娇艳的女人惊呼一声，神情充满惊喜。

“嘘，洪玫瑰，你小声一点啦！”整个人跟轻薄的笔电，一起躲在被子里的依依，急忙叮嘱着，手指不忘移到声量控制键，急匆匆连按几下。

“对不起。”屏幕上的女人嘴上这么说，实际上毫无歉意。

不同于躲在阴暗房间的依依，玫瑰穿着舒适凉爽的丝质洋装，不吝啬地展现雪润的肌肤，与性感曼妙的女性曲线。她的背景是一间豪华宽阔，装潢以原木为主，时髦又温馨的豪宅，阳光取代人工照明，每一扇窗外都是美景。

豪宅远在美国洛杉矶，跟台湾隔着又大又深的太平洋，所幸现在网路发达，两人才可以省下昂贵的机票，用电脑就可以联络，还能见到对方的即刻反应。

看着玫瑰住得舒舒服服的豪宅，依依就一阵悲从中来。

“都是你啦，把我留在台湾，才会出这种事。”杨爱国提出的建议，让她慌了手脚。问题是，她不能找身边任何一个人商量，因为两人的赌局正热，就连她的亲妹妹也去下注。

因此，她才用网路找上，曾经同住数年，如今嫁给俊帅的职棒选手，跟着名声响叮当的丈夫，远赴美国赚美金的洪玫瑰。

“是你自己病倒的，怎么能怪我？”屏幕里头，红润的唇笑弯弯，对先前的话题比较感兴趣。“你是该谢谢我，不然你这个宅深不知处的宅女，哪里有机会认识男人。”

“宅又不是错。”她嘟嘟囔囔地说。

“你的状况太夸张了。”玫瑰伸出一根指头，在电脑前左摇右晃，丝毫不给好友面子。接着，她话锋一转，直问最重要的一点。“你喜欢他吗？”

一阵火烫袭上粉颊，依依被问得措手不及，来不及说出实情或谎言，羞中带恼的表情就直接出卖了她。

玫瑰惊喜不已，快乐得直拍双手。

“哈哈哈，你该看看自己的表情，什么都藏不住。”她哈哈大笑，乐得像是刚刚赢得彩金最高的彩券，而且币值不是台币，还是美金。“你惨了你！”她直拍桌子。

“不要笑了！”她恼羞成怒，脸色更红。“我是找你商量，不是提供你娱乐的。”有那么一瞬间，她好想按下结束连线键。

“好了，不笑不笑。”玫瑰捂着唇，好不容易咽下笑声，努力调整表情，换上严肃的模样，认真地问道：“他的职业是什么？”

“私人专业保全，类似保镖，收费很高的那种。”依依老实回答，关于他的资料，都不是她去问来的，反倒是妈妈跟妹妹，很早就问清他的底细，热切跑来跟她报告。“设立保全公司的是他父亲，经营的项目有保护名人、公司跟特展，之前在台北举办的国际拍卖会，也是聘雇杨氏保全。”

身为名人之妻，玫瑰曾经多次见过这类的贴身保镖。在某些盛大的场合，她跟丈夫也是被保护的对象，所以知道有信誉的保全公司，有多么难得，更知道收费会有多昂贵，有时候捧着钞票上门，都未必聘雇得到。

“他还肯放下工作，陪你三个月？”哇，把私人保镖当健身教练使用，实在是太奢侈了。“你赚到了你，他的时薪绝对比你写一本小说的稿费还高！”

“是我妈逼他的。”

“阿姨识货！”玫瑰站起来用力鼓掌。

“拜托，我很困扰！”她要的是有用的建议，不是一面倒地鼓励。“你又没见过他，为什么已经站在他那边了？”好朋友该这样吗？

“是外貌的关系吗？”玫瑰逼问，好奇心像是阳光下的花朵，旺盛蓬勃地绽放。“我都不知道你是外貌协会的。”

“我不是——”她语气微弱，心虚地补上一句。“他长得……勉强还可以啦——”她说得太保守，仅凭“还可以”三个字，就想蒙混过关。

玫瑰可不是好对付的，在她吞吞吐吐的时候，就另外开了视窗，用万能的网路搜寻杨氏保全的资料。短短的时间内，视窗就跳出满满的资讯，包含巨细靡遗的文字，以及众多相片。

下一秒钟，抽气的声音，清楚透过电脑麦克风响起。

“黄依依！我才是写十八禁限制级罗曼史的作者，你这个封面从未挂过‘限’字的家伙，竟然吃得这么好！”她啧啧有声，不敢置信地瞪着网路显示的照片，手指按着滑鼠，点开一张又一张。

“你又不知道他是哪一个！”她红着脸责备。

“我不需要知道是哪一个，因为，四兄弟看起来都太诱人了！”玫瑰赞叹着，一口捂着胸口。即使丈夫已经是世界第一等，但她见到好货，仍不会吝啬给予赞美。“啊，真没想到，你吃得这么好。”

“我才没有‘吃’他。”依依探手到被子外头，抓来还没吃完的薯片，一片片塞进嘴里咀嚼。

“那就快啊！美食跟猛男都应该趁热品尝。”玫瑰凑近屏幕，娇笑着展现幸福人妻的模样。“这可是我的经验谈哦！”

依依翻了个白眼。

“拜托，你跟阿志明明就是酒后乱性。”

“能‘乱’到一个这么优秀的丈夫，你以为容易吗？”玫瑰不服气地回嘴，她清楚明白，丈夫的魅力无国界，有无数的女人在垂涎，而他却看都不看别的女人一眼，只专情地宠溺她。

“阿志的确是濒临绝种的好男人。”这一点，连依依也不得不承认。温柔多金搭配满满的男性荷尔蒙，加上绝佳的厨艺，当初追求玫瑰时，连她们这些室友也沾光，吃了不少美食。

话说回来，杨爱国的厨艺也不错——

蓦地，依依猛烈摇头，用力地摇掉脑中浮现的男性邪笑。

她怎么能够在想到阿志时，同时联想到他？她肯定是被吻得神志不清，至今心有余悸，才会拿他跟阿志相提并论，太过夸张地抬举他了。

屏幕里头，玫瑰笑得好骄傲，虽然知道丈夫有多好，但听到夸奖还是会很高兴。为了避免显得太骄傲，她也很大方地挥挥手。

“当然，你的也不差啦！”

“他不是‘我的’。”依依否认，拒绝加上所有格。

玫瑰的表情，从骄傲转为怀疑，故意夸张地左右端详了好一会儿，才用手撑着下巴，才慢条斯理地说道：

“你肯定是宅太深了，宅到连勇气这玩意儿都忘了。”她下了结论。

“不可能，不论是我看的、读的，甚至写的，勇气跟爱永远是每一个作品的主题。”她长期就靠这些信念滋养心灵跟荷包，怎么可能会缺乏呢？

“可是，你明明在现实里，遇到一个喜欢的男人，当他对你提出交往的要求时，就慌了手脚，吓得躲进被子里，没有勇气接受啊！”她点出证据，双手还盖在头上，模拟被子的掩护。

依依气恼地扯开被子，露出背后的一团乱。“那是因为——因为——”她想提出反证，却一时张口结舌，找不到任何借口。

“因为什么？”玫瑰挑眉。

“我——他——”可恶，想啊想啊！为什么她会想不出一个，除了缺乏勇气之外，光明正大拒绝杨爱国的理由？

“看吧，你只是在逃避，就像你从前躲着太阳跟运动一样。”玫瑰耸了耸肩膀。“这阵子你被迫晒太阳跟运动，事实证明，晒太阳不会让你像吸血鬼一样烧起来，运动也改善你的健康，不然我才不相信，以前的你会有力气做完整套伸展操。”

依依听完一大串，小嘴半张，还来不及提出反驳，却听见另一个人的声音。

“玫瑰，你在跟谁说话？”男性嗓音由远而近。“我们想你了。”所谓的“我们”，是一个高大英俊的男人，跟他大手中未满一岁，眉目集聚父母优点的小男娃。

“是依依啦。”玫瑰对丈夫露出甜笑，小心翼翼地接过心爱的儿子。

“嘿，依依。”张志扬探头，礼貌热忱地打了招呼。“看你的气色不错，身体应该好多了吧？”

“谢谢，的确是好多了。”她摸了摸烫红的脸。

“她有私人健身教练。”玫瑰打趣地说。

“真的？”阿志很礼貌，听到依依运动，虽然惊讶，但是也没有表现得太明显，没有像妻子听到时，夸张地探头去看窗户，怀疑太阳是不是从西边出来了。

“他还想跟她交往。”玫瑰什么事情都跟丈夫分享，这件八卦当然也不可能藏得住。

这次，阿志只是挑眉。

依依在心里感谢他的礼貌，以及不追问的体贴，也不忘痛骂好友的大嘴巴。她早该知道，玫瑰不能保守秘密，这下子她的困扰，很快就会变成朋友之间跨越国际的话题，说不定今天就会被刊登在脸书上；幸好她的姊妹淘和老家这边没什么交集，否则教她脸往哪儿放。

“好了，亲子时间到了，我没空陪你，”玫瑰抓着儿子胖嘟嘟的小手，对着电脑屏幕做出挥手道别的姿势，还附赠一个眨眼。“胆小鬼，加油啰！”

“谁是胆小鬼？”依依本能地反驳。

连线被无情地切断，笔电屏幕上不再显示那张娇美容颜，而是清楚倒映出她自己的容貌，仿佛是个无声的答案，回复她脱口而出的驳问。

第六章 | Chapter 06

一连好几个晚上，依依都睡得不好。

她窝在印满漫画人物的被窝里，及肩的黑发散在枕头上，有时翻过来，有时翻过去，被单下的娇躯翻来覆去，要花费好长的时间，才能蒙眬睡去。

以往，她都躺在床上，漫画看到累，自然而然就睡着。

但最近可怕的是，她非但心爱的漫画看不下去，几本全新发行的新刊，都搁在房间角落，连封膜都还没拆。

躺在床上时，她时常想起杨爱国……跟他的吻——

那火热、霸道、毫无保留的吻。

“啊——”依依红着脸，埋头在被子里小声尖叫，一边胡乱踢脚。

妖魔退散、色魔退散，有请各方过路神明，急急如律令，快让那可恶的王八蛋从她脑海里退散啊！

她不该想他、不该想他的吻，却无论如何都忘不了，像是那个吻已经在她身上，烙下属于他的无形印记，无论如何都抹不去。

打出生到现在，她从未体会过这种难言的滋味。从小到大，她沉溺在漫画中，让同年龄的男女同学，全都对她退避三舍，就算有男同学有意追求，她也迟钝得感觉不出来。

毕业之后，她一头栽进创作的世界里，写着幻想的风花雪月，编造甜蜜温馨的故事。编辑说，她跟其他作者不同的是，最擅长描写暖暖甜甜的氛围，每个故事里都有一个好男人，懂得疼宠女主角，有读者来信说，她肯定有个好情人，日日夜夜都过得好浪漫。

事实上，好男人纯属幻想，她日日夜夜都过得非常宅。

舒适的生活，是一个无形的防护罩，她虽然没有情人，但是脑补能力高人一等，况且幻想中的情人，远比现实的好驾驭，而且安全得多——

胆小鬼。

玫瑰这么说。

她在被窝里，不甘心地做了个鬼脸。

谁是胆小鬼？谁啊？谁是胆小鬼？哼哼，无论如何，绝对不是她！她只是——只是——只是有些不适应罢了！

无论她怎么做，那个可恶该死的男人，总是会一而再再而三地出现，就算她好不容易把他那张脸那张嘴，从脑海里驱赶开来，下一秒她眼前却会浮现他那健硕的身体、挺翘的臀、结实的二头肌——

可恶！该死！她缺氧了！

依依匆匆把盖头的棉被掀开，白着脸大口大口地喘着气，那家伙就算人不在现场，也能让她喘不过气来。

这真不公平，她敢打赌，那家伙现在一定睡得很好，完全不受那个吻的困扰。

啊啊啊啊，好可恶啊！

她不要再想他了，她绝不会再想那个吻了！

只是个吻而已啊，有什么了不起的？

越想越生气，依依再次不甘心地将被子拉过头，努力在心中数羊，试图快点进入梦乡。谁知道那一只羊、两只羊都乖乖地出来了，到第十只羊，竟然变成那男人裸着上半身来走台步，让她就连在半梦半醒间，都流了满枕头的口水。

她每晚不断重复这烦人的紊乱思绪，无论怎么样也无法将他驱赶出脑海，只能不断和自己的脑袋作战，直到被瞌睡虫大军包围，不敌地睡去为止。

然后，每个晚上，她都梦见他。

还有他的吻。

☆☆☆

夏日骄阳在蓝天之上，放肆地散发着热力。

在被逼着运动一个多月之后，她身上终于渐渐看得出成效。

最明显的，就是她不再畏惧太阳了。

为了避免运动后，一身汗湿黏腻腻的，舒适感终于战胜美白的执着，所以她不再坚持全身包紧，出外时改为穿着宽松舒适的运动上衣，以及运动长裤，再搭配一件薄外套，要是运动得热了，就随意绑在腰间。

至于帽子、墨镜跟口罩，老早不知道弃置到哪里去了。镇上的人几乎都认识她，佩戴那些东西，只会惹来更多无声暗笑，她索性大方地接受阳光，还有众人的目光。

睡得不好让她醒得比较早，以往，杨爱国会亲自登门，煮好早餐跟她一起吃完，再带她到学校操场一圈圈快走，直到她脸色酡红，然后教导她拉筋，让她大汗淋漓。

他人高马大，又是赫赫有名的杨家道场小老板，在操场上日复一日地出现当然惹眼，起初是一些老师会来攀谈，聊聊旧事、问问近况，他一律好声好气好礼貌地回答。

就连家长们见到他，也会上前打招呼，询问道场何时开张。空手道社团的教练更积极，直接要求他给予指导，当他答应的时候，那群中学生还欢声雷动，一副偶像降临的欣喜模样。

那时正在一旁拉筋的她，心中蓦地浮现复杂的滋味。

照理说，有别的事情让他分神，放松对她的钳制，她应该欢天喜地，冲去买几串鞭炮，连放个几小时，庆贺不必再被他管得紧紧的，走私零食也方便得多，不必再胆战心惊。

但是，涌现心头的，竟不是欣喜，反倒是有些怅然若失，如果有人来问她，她打死都不会承认，那种感觉叫失落。

不论是欣喜或失落，杨爱国都没有松懈对她的锻炼。

她改为自己步行到操场，虽然每次都想迟到，但他早有预料，每晚离去之前，都会把闹钟调好，放在不同的地方，早上刺耳的铃声，总会逼得她无法贪睡，火大地爬起来到处找闹钟，再将它们一一处决掉。

这天，她准时到达操场，他对学生们的训练却还没有结束。

一群活力旺盛的中学生，穿着空手道服，大多数绑着黄色或绿色腰带，只有少数几个绑着黑带，不论男学生女学生，个个表情认真，在他的指导下一个口令一个动作，中气十足地喊出声，嘹亮得传遍整个操场。

“右臂上挡！”他喝令。

学生们全员一致，摆出相同动作，衣服摩擦的声音也一致。

“喝煞！”

他走在学生间，指导下令。

“弓步上前，左臂上挡！”

“喝煞！”

“回身下挡！”

“喝煞！”

他扶住一个男学生，调整对方的姿势。“弓步踏好，脚要四平八稳，稳如泰山，脚板平贴着地板，不要晃动。”

“右直拳！”他继续往前，中气十足地再喊。

“喝！”学生们打出右直拳。

“左直拳！”

“喝！”

“左右连打——”

高壮结实的男性身躯，穿着简单的短袖白色棉T恤，大步行走在学生之间，一边喝令一边个别调整学生的姿势，早晨的阳光让他发色看来更黑，白色的衣衫跟黝黑肌肤成为强烈对比。

依依坐在树荫的木椅上，看着他的一举一动，纳闷那么高大的身躯，为什么能行动得那么自信好看，像是漫步在自已地盘上的兽，在致命的危险中又带着沉着的优雅。

不只是她，只要是经过操场的女人，视线都离不开他。

来上课的女教师、送学生上课的女性家长，跟特地绕路，到操场来散步的女性闲杂人等，都不肯错过早晨的养眼画面，胆子小的只敢偷瞄，胆子大的就直接盯着他看。

然而，当他结束空手道社的晨练，宣布学生们跑操场锻炼体力后，他的视线就不再在任何女人身上逗留，黑眸轻易找寻到她，笔直地朝她走来。

微微沁出的汗水，让白色棉衣紧贴他的身躯，勾勒出健壮的肌肉，让坐在树荫下的依依，看得一阵口干舌燥，即使没有阳光直射，也觉得热得受不了，一时之间坐立不安。

“早。”他先开口招呼，露出耀眼的笑容，阳光在白牙边缘一闪，仿佛还发出“叮”的一声音效。

“早。”她试着让声音维持正常，不要显得太沙哑。

“吃过早餐了吗？”他一边问着，一边大剌剌地脱下短袖棉衣，露出媲美国外知名足球队，年底推出的义卖年历上，让人血脉贲张、鼻血乱喷的健美男性身躯。

“吃、吃过了。”她的理智想逼自己转开视线，但女性的本能却不堪诱惑，牢牢地盯着他瞧，只差没有流下口水。

木椅位于操场边缘，加上有灌木丛跟树荫遮挡，垂涎他的女人们，看不见他此刻的半裸，唯有她可以独享，而且还是正面!

“加热过了吗？”他的声音听来好遥远。

热?

呼哈，是太热了没错!

她的视线追随着，他手上的棉衣，轻轻擦拭黝黑肌肤上的汗水，从宽阔的肩膀、健壮的胸肌到结实的腹肌，每一吋都没有错过。这比热吻更亲密，她被他诱引着，不由自主以视线爱抚过他的半裸，呼吸都变成喘息。

“我说的是三明治跟沙拉。”他莞尔地提醒，毫不客气地利用她的清纯，存心要教坏她，用他的“优势”勾引她。

她看得呆了，完全忘记回话，更别提想起早餐吃的是什么。真实的胃被填饱，但某个看不见的胃，让她饥渴得头昏眼花。

当他把棉衣放进洗手台，搓洗掉汗水，再拧干之后，并没有直接穿起来，只是顺手抖了抖，就摊开晾在洗手台上，然后才又朝她走来，晶莹的水珠让他的腹肌闪闪发光。

她甚至忍不住吞了下口水，正因如此，她才赫然惊醒，自己竟盯着他扁平的男性乳间看。

他顶立的乳尖悬着一滴水珠——

老天，她盯着他看了多久?

依依羞窘地发出小小的呻吟，瞪圆的双眼匆匆上抬，却发现他早已来到身前站定，都不知站了多久，她这一抬眼，直接就看进他的眼里，小脸瞬间红烫，只觉得羞不欲生。因为他靠得太近，她不由自主地后退，但是她越是后退，他就故意靠得更近，几大步就欺身到她面前。

最后，她可怜兮兮地退到角落，后有高墙，前有半裸的他，再也无路可退。

“我、我告诉你，”她虚张声势，试图警告，“这里可是公共场合，你不要乱来。”虽说是警告，声音却很微弱。

他挑起一边的浓眉。

“怎么样算是乱来？”他很有求知欲。

“像是——像是——”她艰难地转开头，在他靠得这么近的时候，脑部的思考能力趋近于零，身体却格外敏感，每一寸都感受到他的欺近。

身后的墙壁很凉，而身前的他却太炙热，这男人身上的体温与味道，完全辐射笼罩着她，像无形的网，包覆得无比紧密。

“像是这样吗？”

沙哑的语音在耳畔响起，接着他的唇就落下来。

他的吻一如先前，霸道、亲密，当灵活的舌探入她口中时，她发出轻轻的呻吟，双手妄想要推拒，掌心却因为触及他的胸膛，被男性体温烫得心跳加速，嫩唇柔舌被他掠夺更深，恣意地大肆品尝，直到她软弱地降服。

热吻纠缠，她无意识地抚摸着，掌心下他结实平滑的肌肤。

当她感觉到，宽厚的大掌溜进运动服下，粗糙的指尖偷袭内衣下的粉嫩时，娇小的身躯颤抖，轻吟全被他大口吞没。

当热吻结束，他的手却还在她的衣服里，贪婪地不肯放开。

实在是太乱来了！

她想要开口责骂，但吐出口的，都是不争气的娇娇喘息。每当他的拇指划过时，难言的快感就像是闪电，锐利地窜过全身，要不是他另一手紧紧圈抱着她的腰，她肯定早就腿软地滑坐在地板上。

“嘘，”热热的气息，吹拂着她的耳畔。“这很公平，你刚刚看过我的，现在换我抚摸你。”

她的耳，因为他的低语，变得好热好热。

“这、这是公共、公共场合——”她软绵绵地重复，无法反抗这从未体验过的情欲滋味。

“你在指控我乱来吗？”他黑眸发亮，声音危险如丝。“抱歉，忘了告诉你，我向来无法拒绝挑战。”他不但很有求知欲，其他的欲望更是饥渴，全都渴望怀中的小女人填补。

当她用那种眼神看他时，怎么还能期待他冷静？

要论诱人，她的清纯是最强的武器，能让任何男人愿意溺毙其中。

“会、会有人看到。”羞涩的声音，在他胸口最靠近心上的位置响起，娇得连他都要心软，担心她会因为羞怯过度而昏倒。

薄唇落在她的粉颊上，啄了个吻。

“不会，你这么娇小，我可以完全遮住你。”他的手慢慢下滑，溜过她肤质细嫩的纤腰，大胆地往下，拇指勾住运动裤，食指不怀好意地往里头探去——

依依蓦地惊醒过来。

这可就太太太太太太乱来了！

他或许有铜墙铁壁的厚脸皮，但是，她可不想在校园里犯下妨害风化罪，教坏学生们不说，还沦为镇上接下来五十年内，茶余饭后的闲聊主题。

即便是再强的诱惑，也敌不过她自保的本能，凭借着最后一点力气，她平贴在他赤裸胸膛上的小手，不再是抚摸，转为奋力推拒。

他毫无准备，轻易就被推开，满是欲望的黑眸，先是疑惑，接着浮现深深笑意。他偏着头，一绺不听话的头发落在额前。

“抱歉，我忘记你有多么害羞。”既然尝过甜头，他很识相地没再催逼，也没有顺从欲望，再把她推回墙上，恣意亲吻个够。

“你、你——你太过分了！”她红着脸跺脚，双手环抱着胸部，不敢让他看见，隔着运动衣与内衣，依然挺立的蓓蕾。

“是你先抚摸我的，我只是回应你。”他笑得好得意，“这很公平。”

依依的脸色更红了。

这次是因为愤怒，不是因为娇羞。“公平个鬼啊！我是女孩子！”她怒叫。

他再度挑起浓眉，很感兴趣地追问。

“所以，你能占我便宜，我就该乖乖站着被你调戏？”

“我、我才没有调戏你。”她有些结巴地坚绝否认。

“在我胸膛上摸来摸去不算调戏吗？”

“是你先吻我的！”依依恼羞成怒地指控。

他的反应竟然是耸肩。

“抱歉，我情不自禁。”他的语气里没有半点歉意。

强烈的抽气声响起，她觉得眼前有红雾在飘，必须在心里从一默数到三十，才能克制着不去踢他。另外，阻止她踢他的原因还有一个，因为她知道自己不是这家伙的对手，要是真的动手——该是动脚，他的反击肯定是更羞人的“乱来”。

“我还没有答应跟你交往。”她咬牙撂下这句话，径自就往操场外走去，想离他远远的，比较安全也比较清静。

“你嘴上还没答应，但心里已经同意了。”他大步跟上来，声音嘶哑。

她翻了个白眼。

“原来你这么多才多艺，不但会空手道，还会读心术。”讽刺的语气比柠檬更酸。

“我从你身体的回应知道的。”他懒洋洋地说。

这个骄傲自大的家伙！

论起“唇舌”功夫，她只能甘拜下风，索性不再开口，径自往操场走去，做起快走练习，在松开环抱胸前的手臂时，还偷偷确认，隔着运动衣已经看不见乳尖挺立的痕迹。

国中母校在她毕业之后，有了许多改变，以前操场是红土跑道，偶尔飞沙走石，回到家里别说是运动服，连头发跟身上都沾着红色细土；遇到下雨天就更惨，泥泞的脚印遍布整个校园。

现在，操场用的是周长四百米的PU跑道，少了讨厌的泥沙，走起来比较平坦舒适，不但造福学生，也造福了镇民，从早到晚都有人使用。

她低垂着头，尽量走得很快，这样别人就会以为，她的脸红是因为快走，不是他的热吻造成的。

“抬头挺胸。”他又有意见了。

知道不照做，他会更啰唆，甚至伸手来调整她的姿势，所以她深吸一口气，不再只盯着脚尖看，通红的脸儿抬高，挺直脊椎，把脚步跨得更大。

不过，就算她脚步跨得再大，也比不上他人高腿长，轻松跨步就能跟在她身边，无论如何都甩不掉。

更糟糕的是，空手道社的那群学生，还笑嘻嘻地在他们身旁跑步，每绕一圈就转头对她大喊大叫，愉快地打招呼。

“满学姊好！”

“满学姊好！”

叫喊声此起彼落，一声比一声洪亮，欢乐得像是在呼唤偶像明星。

“满学姊好！”

她困惑地皱眉，左看右看，确定学生们喊的就是她，不是别人。“我姓黄，不姓满。”

一个绑着黑带的学生笑得好乐，在她前面倒着跑，脚下一步不乱，好心地为她解开谜团。“可是，你的健康检查报告满江红啊！”

依依倒抽口气，火速转过头来，又气又恼地瞪向身旁泰然自若的杨爱国。“是你告诉他们的？”这个家伙最可能就是罪魁祸首。

“不是我，”他撇得一干二净，懒洋洋地说出元凶。“是你妈妈大肆宣传，所以他们才会知道的。”不仅是大人，就连小孩全都知道了。

“我就不能有一点隐私吗？”她紧握拳头，急切地想掐紧某人的颈项。第一选择当然是身旁这家伙，但是考虑到他皮粗肉厚，加上她的身高只到他的胸口，想掐他脖子，还必须搬梯子来，她只好退而求其次——

“满学姊好！”

那些学生，竟然在她走不到一百米的时间内，已经跑完一圈绕回来，接近时就开始大叫，努力吸引她的注意力。

“满学姊好！”

“我不姓满！”她抗议。

抗议无效，那群死小孩笑得更开心。

“满学姊好！”

“满学姊好！”

忍无可忍，她怒叫一声，跑上前去想抓一个落后的，狠狠教训一顿。无奈，她这个弱女子，虽然经过一个多月的训练，但是哪里比得上体力满满的中学生。他们全都倒着跑，快乐地跑给她追，当她跑得气喘吁吁，停下来休息的时候，他们也停下来。

“满学姊，你还好吧？”

“是啊，不要太逞强喔。”

“要是累坏身体，让杨教练心疼，我们就惨了。”

他们关心地围过来，其中几个甚至比她更高。

“我——我——”她捂着心口喘着气。

“什么？”大家靠得更近，个个竖起耳朵。

“我不姓满！”她趁机伸手。

可惜，日日锻炼的学生们，动作比台湾猕猴还灵敏，就算距离近，她还是逮不到任何一个，小手落空连空手道服都没有摸着。

“啊，满学姊你耍诈！”

“好卑鄙哦！”

“我们要跟杨教练告状。”

“对呀，我们是关心你才停下来的。”

“这样我们会不信任大人啦！”

学生们又蹦又跳，绕在她身边跑步，指控她身为学姊，竟然对学弟妹使诈，实在有为校训中“诚实”那一条，害他们太伤心。

瞧她垂头丧气，一脸悲愤，杨爱国终于走上前，对吵闹的学生进行驱离，免得她真的气到抓狂，就像其中一个学生说的，跑过头伤了身体，那可真的会让他心疼。

“好了，散开散开，再靠过来的人，就给我去跑三千米。”他挥挥大手，虽然面露微笑，但是大伙儿都明白，他绝对是认真的。“用倒着跑。”他补充一句。

学生们发出哀号，总算彻底明白雄赳赳、气昂昂的教练，把清丽纤瘦的学姊看得有多重，连戏弄一下都不行。顿时间不论是黄带、绿带还是黑带；一年级、二年级或三年级，全都用最快的速度作鸟兽散。

宽厚的大手揽上她的肩膀，轻轻摩擦着，无声地给予她安慰，抹去挫败的情绪，温柔得不带情欲，让她一时之间忘了要抵抗。她可以指责他的霸道，但是却无法拒绝他的温柔。

虽说，爱在暧昧不明时最美，她最擅长写的也是梦幻满满的暧昧期，不经意的碰触一次，甜度就够女主角支撑五页左右的分量。

但是对杨爱国这种男人来说，暧昧期就算存在，大概也只有短短三行。他是看中目标，就知道自己要什么，而且积极展开追求的男人，那种拉拉手、在雨下共撑一把伞，就觉得心头暖甜的情节，对他来说都太小儿科。

他的热情汹涌澎湃，直接且霸道，女性的矜持在他面前，就像低矮的堤防，瞬间被冲击得溃堤，不剩下半点踪影。

更糟糕的是，她除了无法抵挡之外，甚至还不由自主地回应。

连在公共场合，她都差点无法阻止，他对她这样这样、那样那样，连指尖都触及她小裤裤的蕾丝边缘，要是下次她再意乱情迷，来不及阻止他的热切，她的小裤裤还能保得住吗？

正当依依在烦恼时，杨爱国转过头，看向两人身后，主动打招呼。

“嘿，两位早。”那两个男人的步伐，几乎没有半点声音，但是他被磨炼得近乎本能的直觉，很早就察觉到有人接近，而且还不是那些学生。

她跟着转身，以为会看见哪个不怕倒着跑三千米的学生，却发现出现在身后的是两个成年男人。两个男人都很高大，跟杨爱国不相上下，看来镇上不流行斯文男人，而是猛男当道。

左边那个粗犷豪迈，一身轻便的衬衫与长裤，衬托出肩宽腰窄的健美身材。他轮廓深刻，浓眉大眼，满脸都是笑，但却让人感受到，他一点也不好惹。

“嘿，爱国，你可真忙啊！不过，忙得真教人羡慕。”他看了看依依，笑容咧得更开。“你不帮忙介绍一下吗？我不想吓坏美丽的小姐。”他眨了个眼。

“这是成大业，镇上的消防队小队长。”杨爱国的手下滑，轻揽她的腰，无声宣布所有权。“另一位是陈志明，镇上的警分局长。”黝黑健壮的男人懒懒一笑，礼貌地点点头。

杨爱国离开镇上的时间，远比她多出许多年，但是镇上的人们却都认识他，不论成年还是未成年，见到他都会主动打招呼，相较之下她认识的人就少多了，许多镇民都是由他为她介绍的。

他跟任何人都可以打成一片，热络地交朋友，反观她却拒绝社交，要不是被逼出家门运动，肯定还是宅在家里，更别说是认识这么多人了。

跟他相比，她仿佛才是离家更久的那一个。

“我也是这所学校毕业的，比你大了几届，几年前请调回镇上。”成大业笑着说道，一边慵懒地伸展筋骨。“镇上的空气比大城市好多了，回家乡来休养，绝对是最好的选择。”

“嗯。”她只能同意。

事实上，她根本就没有选择权。妈妈一知道她生病住院的消息，就立刻北上，在医生的同意下，把她直接从医院带走，一路开车将她送回镇上。

“很抱歉，因为消防车属于公众用途，所以我当初不能答应令堂，北上去载你回来。”他很诚挚地说道。

“关于这一点，我一定要谢谢你。”感谢这个男人有理智，还有能耐拒绝，否则北上南下都用消防车接运，她肯定会上电视新闻，成为知名人物，说不定还被记者挖出笔名，加油添醋地大肆报道。

成大业莞尔一笑。

“既然你相信我的判断，那么，我一定要向你大力推荐。”他的大手拍在杨爱国身上，展现兄弟情谊。“杨爱国绝对是个好男人，虽然离乡多年，但是他家教森严，更懂得自爱，不烟不酒不嫖——”他顿了一下，不太确定地问。“不嫖，对吧？”

“去你的！”杨爱国笑骂着给了他一拳，当作是回复。

那一拳让成大业退了几步，却没有打掉他的笑容，跟他的热烈推荐。

“虽然，他人高马大，对兄弟下手不知轻重，但是绝对不会对你动粗，不论你购物或买菜，他一定都任劳任怨，乖乖付钱乖乖提，一辈子都会把你呵护在手心上，实在是结婚的最佳人选。”他拼命夸赞，如滔滔江水连绵不绝，完全不怕吹破牛皮。

“成大业，你是赌了多少？”杨爱国好笑地看着那家伙，问得一针见血。

他笑得很开心。

“不适合让我老婆知道的金额。”事关赌金，他当然要多加关心。

听了满耳的推荐，她脸色嫣红，润得像是甜甜的水蜜桃，羞窘得不知该如何回答，只能僵硬地点点头，然后尽快闪人，快走变成小跑步，往操场的另一头离去。

杨爱国瞪了热情的推荐者一眼，权充是道别，转身迈开大步，轻易地跟了上去，护卫属于他的珍宝。

直到两人走远，成大业才开口，问了身旁的男人。

“你看呢？”对于好友的观察，他百分之百有信心。

“还没到手。”陈志明慢条斯理地回答，身为警察，观察入微是看家本领，更何况他还是个顶尖的警察。

“哦？”糟糕，难道他的赌金要泡汤了吗？

在成大业的笑容消失前，陈志明又补上一句。这次，他弯唇露出笑容。

“不过，我猜快了。”

第七章 | Chapter 07

黑漆漆的房间里，角落发出塑胶袋摩擦的声响。

吃过营养健康的晚餐，确认杨爱国离去后，依依就走回房间，连灯也不敢开，像小老鼠似的，熟悉地在黑暗中摸索，从床底下的便利商店塑胶袋里，拿出一个巧克力重磅蛋糕，撕开包装就往嘴里吞。

晚餐菜肴虽然可口，但是她积习难改，无法放弃对零食的热爱，晚餐时总吃得比较少，留了些胃口，每日在逃离他的钳制后，才能放肆地爱吃什么就吃什么。

就像是有人抽烟、有人喝酒，她则是靠吃零食纾解压力。

尤其是最近，镇上风声正紧，杨爱国连在众人面前，也不隐藏对她的“兴趣”，虽然不至于上下其手，东摸西探地吃豆腐，但是他注视她的眼神，跟对她的偶尔的碰触，导致她反应过度，无法控制地脸红，才会露了馅儿，让旁人觑得两人之间的微妙气氛。

这结果，只让她累积的压力直线往上攀升，导致她现在的零食量，比认识他之前，还要多出一倍。

她窝在角落里，又咬下一口蛋糕。

以往，零食都是靠妹妹走私，但是杨爱国的“关注”，已经导致妹妹两次无功而返，拎着整袋零食逃走，加上他让她压力大增，零食消耗率也跟着成正比浮动，害得她零食库存逼近警戒线。

就因如此，她甚至曾经冒险，趁月黑风高跑去便利商店，迅速搜刮零食，但是值大夜班的店员，在为她结账时，表情都很为难，还紧张兮兮地不断向外张望，一副惨遭抢劫的可怜模样。

愤恨地，她又吃了一口蛋糕。

虽然，她还忍耐着，不被他诱惑得答应交往。但是，嘴上不承认，身体却老早大喊“我愿意我愿意我愿意”，每次都在他的霸道、他的温柔下融化。

这是在赌气，还是缺乏勇气？

她不敢再跨前一步。

旁人都以为她通晓爱情，实际上，她依赖幻想当屏障，确保自己时时刻刻都安全无虞，直到他大剌剌地闯进她的生活——

唰！

卡通门帘被猛地掀开，依依吓了一大跳，差点被嘴里的蛋糕噎着。

房间的电源开关被打开，她像是被车头灯照见的小鹿，惊慌而呆愣地咬着蛋糕，僵直地瞪着来人，让她瞬间认出入侵者的身份——杨爱国！

当然是他。

会这么粗鲁闯进别人房里的人，还会有谁？

他黑眸半眯，双臂环抱在胸膛上，缓慢地踏过凌乱的房间，走到床边坐下，不由分说地咬住她唇边的蛋糕，先一口吃掉，再以灵活到不可思议的方式，舌尖钻探到她小嘴里，连她嘴里的蛋糕也不放过。

她应该要反抗，可是，这家伙的唇舌超级邪恶，让她每回一被他吻上，就忘了祖宗八代，只想张嘴回应他的诱惑。

“难怪，你晚餐总是吃得不多。”他啧啧有声地猛摇头，看着她手里剩下的半个蛋糕。“太让我伤心了，我努力为你做的晚餐，你竟然宁可舍得剩下，也要躲在房间里吃零食。”

罪恶感浮上心头，她双颊通红，为残余的一点点乐趣狡辩。

“我又没有吃很多，只是吃一点点解馋而已。”她耸耸双肩，说得云淡风轻，一副满不在乎的样子，企图把大事化小、小事化无。

他微微挑眉，没被她哄骗过去，视线没有离开粉嫩小脸，薄唇慢条斯理地吐出三个字。

“交出来。”

她心头一跳，仍旧佯装镇定，把蛋糕递出去。

黑眸望着她，没有看蛋糕。

“其他的零食你放在哪里？”他的声音危险如丝。

“其他？”她认真装傻。“没有其他零食，我只藏了这个蛋糕，女孩子喜欢吃甜点，这很正常啊，难道你连我这点乐趣都想剥夺吗？”

“你喜欢吃甜点，我可以做给你吃。”他可没有这么容易被打发，黑眸深幽，直直盯着她。“现在，你可以选择自己交出来，或者让我搜遍整个房间。”他把威胁说得好温柔。

不知怎么的，依依只觉得背后窜过一阵寒意。

眼前的男人说得如此笃定，肯定是握有证据，说不定是去威胁伴伴，逼妹妹承认“走私”的罪行，或者是便利商店的店员，受不了良心苛责，主动去向他认罪。

冷静、冷静！

她深吸了一口气，露出最无辜的表情，从床下拿出一包柠檬口味的夹心酥，跟一袋虾味仙，再加上先前剩下的半个蛋糕，勉强凑成三样。

“就这些了。”她装出心痛的语气跟表情。

他长叹了一口气。

“这是你自找的。”高大的身躯站起，满屋的凌乱更显得他的庞大。他从牛仔裤的口袋里头，抽出一个黑色垃圾袋，利落地抖开，显然是有备而来。

摆出来的三样零食，首先进了黑色垃圾袋。然后依依坐在原处，眼睁睁地看着他四处查探，活像是早在她房里装了隐藏式摄影机似的，轻易地一件件翻找出她藏在房内的零食，全都往垃圾袋里丢。

书柜后的铁盒装卷心酥，被没收。

床底下层柜，跟漫画放在一起的蜜饯，被没收。

抽屉里拜托朋友帮忙，才买到的嘉义知名盐酥饼，被没收。

不论是土耳其软糖、香港小熊手工酥饼、日式海苔仙贝，或是乖乖、宝咔咔、孔雀饼干还有王子面，被找到的下场都是被没收，消失在黑色塑胶袋里。

对杨爱国来说，要搜寻出她藏的零食，一点都不困难。他在担任保全期间，检查过无数的房间，熟知人们藏放东西的地方，其实都大同小异。要在这凌乱的小房间里，翻找出零食，对他来说实在是易如反掌。

再者，这个小女人实在太单纯，不论眼神跟表情，都透露出讯息。只要循着她不安的视线找去，八九不离十都能有收获。

当他拎着半满的垃圾袋，转向衣柜的时候，依依终于坐不住了。

“住手！”她心痛地大叫，扑上前去挡在衣柜跟他之间，无法再袖手旁观，任由他劫掠她的宝贵零食。“这里面都是私人衣物。”还有私人零食。

“我给过你机会了。”他一脸的不怀好意，很享受搜刮的过程。“你不肯交出来，只好由我来代劳。”即使她整个人贴在衣柜上，他也轻而易举地拉开把手——

哗啦！

一堆杂物迎面砸落，种类繁杂。

她连忙扑上去，小手乱抓，捍卫自己的物品，无奈杂物太多，能保护的实在有限，当他蹲下来，拿着邪恶的黑色垃圾袋，准确地挑出零食，跟她玩起争夺大战时，她忍不住大叫。

“杨爱国，你放手！”她抓住一袋薯片，跟他拉拉扯扯，坚持不肯松手。“这是我的东西，你没有权利拿走。”呜呜呜，少了这些零食，她的漫漫长夜该怎么过？

“乖。”他耐心地哄着。

她拒绝。

“不要！”小手握得很紧。

他不怒反笑，突然间低头，轻咬了她的手背。

“啊！”这卑鄙的一招，吓得她本能地松手，薯片落入敌手，消失在黑色垃圾袋里。“你这个小偷、强盗！快把那些食物都还给我。”不敢再探手的她，只剩下一张嘴能嚷嚷，他却充耳不闻。

“你只要食物吗？”他莞尔地问，指尖从杂物堆里，拎起一条粉红色蕾丝内裤，在她面前晃啊晃。“那我可以留下这个当纪念品吗？”

女性化的蕾丝，晃荡在他黝黑的指尖，显得格外突兀，却也格外煽情。

“当然不行！”依依粉脸娇红，火速抢回来。

“真可惜。”他是真的很遗憾。“我很喜欢那一条。”想到她全身赤裸，只穿着那一小块布料的模样，他就热血沸腾。

羞窘不已的依依，急忙回嘴。“谁管你喜欢不喜欢？”

“放心，我今天要没收的只有零食。”他轻声笑着，锐利的视线再度搜寻，却在一堆印有漫画图案的毛巾、上衣的杂物里，瞥见熟悉的图案时，难得的微微一愣。

大手伸探，拿起一盒北斗神拳的——保险套！

惨了！

“不要看！”依依尴尬到面红耳赤，顾不得再被咬的可能性，整个人扑上去就要抢。“眼睛闭上！快，松手松手。”那是她最不想被他看见的东西。

他顺势抱住她，阻止她不断跳啊跳，试图抢夺他手里的盒子。盒子上虽然写的是日文，但是有图案标示，加上家中开设保全公司多年，因为声誉卓著也接触过不少外国客户，简单的日文对他并不是问题。

“你衣柜里为什么有保险套？”他低下头来，好奇地看着羞窘的依依。“这是你买来为我们准备的吗？”这害羞的小东西，买保险套怕被知道，还特别买了日本货？这份细心让他好感动。

眼前的黑眸，燃起熟悉的烈焰，女性的本能让她心中警钟大响，连忙从他怀中跳开，后退到安全距离以外，就怕他精虫冲脑，当场就想试用那盒保险套。

“才不是！”她急切否定，连珠炮般说出保险套的来历，不想让他有任何遐想的空间。“那是日本漫画跟保险套公司的跨界合作，我写小说需要取材，觉得有趣就买回来研究。”那还是限定版的呢！

“为什么男主角的尺寸最小？”他很有研究精神。一盒三组装，男主角的尺寸竟是M号，反派角色却是XL，实在让曾经热爱过这套漫画的他无法接受。

“你问我，我问谁？”她不敢相信，自己竟然跟他在讨论这个问题。“想问就去问设计这玩意儿的日本人。”

“这就是男人不坏，女人不爱吗？”

“不要问我，算了算了，你喜欢就拿去。”她撇开红通通的小脸，决定这羞人的话题到此为止。那盒保险套的确是她五花八门的收藏中，较为特别的一样，但是她宁可舍弃，也不想再跟他讨论——

因为，从他的眼神，就看得出他非常非常非常地想跟她一起试用。

更糟糕的是，如果他发动“攻势”，她没有信心能拒绝。毕竟，每次他的热吻、他的抚摸，都让她意乱情迷。

不过，那组保险套已经过期，如果他们真的要——

停！

她用力咬住下唇，阻止把他跟自己代换成书里的男女主角，两人全身赤裸、肌肤相贴，销魂的拥吻缠绵，她会在他的吻下娇喘，任由他为所欲为。

噢，她没救了！

满脑子激情烈爱幻想的依依，把小脸埋进手心里，懊恼地呻吟。

最近她零食吃得多，很大一部分也是为了填补已经被他唤醒的空虚。要是没有零食支撑，她肯定很快就会饥渴投降，跟他“擦枪走火”，火辣辣地去滚被单。

瞧她一副哀莫大于心死，没有零食就三魂七魄少一半的模样，杨爱国温柔地轻拍她的小脑袋，蹲下来跟她面对面，烙下短暂而结实的一吻，作为她失去零食的安慰，然后才说道：

“没有了这些零食，你还有更好的选择。”他说。

她不抱希望地问。

“是什么？”

脸皮厚如铜墙铁壁的他，拍了拍结实的胸膛，不要脸地毛遂自荐。

“我。”

☆☆☆

情势至此，她别无选择了。

依依终于愿意承认，玫瑰说得没错。

她是个胆小鬼。

写了七十几本小说，爱情与勇气始终是不变的主题，然而现实中遇上爱情发生，就连跟杨爱国相处，空气中就像是充满滋滋作响的电流。失去了能够填补空虚和消耗压力的零食，还得面对他的步步进逼，加上自己即将沉沦的事实，让她做了最懦弱的选择——

逃。

先前跟玫瑰还有另外两个朋友共同租下的公寓，虽然合约还没到期，但是家人知道地址，绝对会向杨爱国通风报信，她只能另寻住处。

好歹她在台北住了几年，除了镇上之外，那是她最熟悉的地方。加上她工作数年下来，小说的销售量虽然不是业界顶尖，但也颇受欢迎，扣除漫画跟周边的支出，也还有一笔存款。

就像是逃难似的，她连衣物都没有打包，背包里只带了存折跟印章。

火车的班次是在网路上查好的，早上七点就有一班，而且直达台北，只要上了火车，她就安全了。

前一天晚上，她忐忑得辗转难眠。

好不容易熬到天亮，她穿上运动服当掩护，拿着小背包蹑手蹑脚下楼，经过客厅的时候，遇到坐在沙发上看报纸的妈妈，还含糊地道了早安，接着就想开门走人。

娘亲大人却开口了。

“依依。”

她全身僵硬，迟疑地应了一声。

“嗯？”

“你忘记吃早餐了。”妈妈提醒。

“哦。”她松开门把，转身走进厨房，从冰箱里拿出前一天晚上，预先做好的营养早餐，放进微波炉里加热后，再拿出来吃。

妈妈走回厨房，探头看了一眼，眉开眼笑地问：“这是爱国做的？”爱国爱国，她喊得可亲昵了。

“他教我做的。”依依食不知味，只顾着把早餐往嘴里塞。

“他教的？”妈妈惊喜地大叫，差点没有喜极而泣。“你竟然会下厨了，我真该准备一份大礼，好好向他道谢不可。”说完，她还往楼上的佛堂走去，急着告诉列祖列宗，这个天大的好消息。

趁这个机会，依依放下没吃完的早餐，小跑步逃出家门。

从她家距离火车站，快走三十分钟左右，以前她总习惯搭计程车。但是，现在体力好转，快走三十分钟难不倒她，这个时间点搭计程车也容易让人起疑，她决定用走的。

早晨阳光和煦，湛蓝的天际只有少少几朵白云，是个舒适的好天气。

她尽量走得快一些，趁着经过邮局时，用提款卡领了一笔钱备用，当作落跑的紧急基金。

好不容易来到火车站，上班上学的人们，把站内外挤得水泄不通，她混进人群之中排队买票，靠着人们的掩护，紧张感才稍稍退去。顺利买到火车票后，她就站在角落，紧盯着时刻表，一心一意期盼火车快点到来。

火车来了一班，又走了一班。

人们来了一批，又走了一批。

检票口旁边设有便利商店，学生会去买早餐或饮料，上班族则是买报纸，排队的人很多，两个柜台的收银机都没有停过。

为了打发时间，她也进去逛了一圈，却找不到想吃的食物，就连零食都引不起她的胃口，几度拿起来，最后又放回去。她分辨不出，是因为紧张，还是味蕾被养刁，口味已经改变。

蓦地，消防车的警笛声，由远处响起，随着距离的接近越来越大声。许多人都转头，好奇地往外头探看，依依也踮起脚尖察看，耳边响起众多猜测。

“发生什么事了？”有人发问。

消防车出动，总让人心里怕怕的。“该不是哪里起火了吧？”

“不要乱说。”

“看样子是朝火车站方向来的。”

“没有闻到烟味啊！”

“是啊是啊！”

人们议论纷纷，她跟着用力呼吸，的确没有闻到烟味，但消防车警笛大响，不论人车都迅速让开，只见在阳光下红得发亮的庞大车体，笔直朝火车站驶来，让人猜测不出是发生了什么紧急事故。

在众人的注目下，消防车终于在火车站前停下，阳光照在挡风玻璃上，亮得让人看不清车内状况。

“测试、测试。”对外广播响起，镇民们熟悉的男性嗓音，透过广播宣布。“各位镇民请不用紧张，本次出动是为了寻人，请大家多多帮忙。”

一阵寒意窜过背脊，依依瞪着消防车，看见副驾驶座的门打开，脸色阴沉的杨爱国像凶神恶煞似的跳下消防车，锐利的黑眸四处张望。

不、会、吧！

她差点失声尖叫，不敢相信镇上的消防车，居然还提供这种服务，一路警笛大响地为他开道，这已经不算是服务镇民，根本就是滥用公物了。而且，那个开消防车的成大业，之前还亲口告诉她，消防车属于公物，所以不能北上搭载她。

带着笑意的嗓音，再度从广播中传出。

“黄依依小姐，请放下你手中的车票，不要临阵脱逃。”

不知道是谁，在她身边喊了一声。“就是她，她就是黄依依。”

“阿德，谢谢你提供的消息。”广播响起。

便利商店的店员，对消防车举手挥了挥，一副功在乡里的模样。

被指出身份的依依，身旁的人们不知哪来的默契，唰的一下，迅速朝两旁散开来，拥挤的火车站里出现一个大圆圈，剩下她独自站在中间，再也没有人群可以遮蔽。

锐利的黑眸，扫见她纤细的身影，跟惊慌失措的她对上眼，高大的身躯朝着她走来，所经之处仿佛摩西过红海，人群自动让出一条道路，没有一个人胆敢挡路。

向来爱好热闹，闲到会开赌局，拿镇上八卦下注的人们，一边看好戏，一边还不忘提出意见，讨论得很热烈。

“要逃走哦？不行啦。”

“是啊。”

“我可是赌在你身上耶！”

手脚快的已经打了手机报告，把手举得高高的，大声喊道：“依依，你妈妈要你立刻回家，不然她就要把你的收藏全烧掉。”连威胁也传达得很快。

顾不得宝贵的收藏，杨爱国的压迫感，让她喘不过气来，一心一意只想快点逃开。她不敢想象，被他逮回去后，会用什么方式惩罚。

依依冲向检票口，颤抖地掏出车票，急切地催促检票员。“拜托，我有急事，先让我进月台。”火车就快来了，她还怀抱着一丝希望。

头发花白的检票员，朝她身后看了一眼，原本伸向她的手，迅速转向排在她后头的女学生，咔嚓剪下车票，然后是排在更后面的中年上班族，又是咔嚓一声。

“拜托，是我先来的啊！”依依焦急大叫。

一张又一张车票，一声又一声咔嚓，检票员额冒冷汗，却连看都不敢看她一眼，更别提是帮她剪票了。

纵然听不到脚步声，但是随着寒意上涌，跟四周人们的视线，她不用回头就知道，杨爱国已经来到她身后，那双黑眸射出的眼神，戳得她后脑发疼。

“你要逃走。”平淡的声音里暗藏怒火。

“我——我——”她瞪着手中的火车票，努力想掰出借口，无奈车票在手、罪证确凿，想赖也赖不掉。

“你想逃离我。”他说得更明白。

她瑟缩了一下。

“我们约定的期限还没到，所以你必须留下。”他简单地说道。

依依小嘴半张，还想不出该说什么，只觉得腰上一紧，整个人突然就腾空，像一袋玉米似的，被扛在杨爱国的肩膀上，在众目睽睽之下，以足以让周围五大镇津津乐道的方式，被带离火车站。

“你！”她羞耻地挣扎，用脚踢他的胸膛。“杨爱国，快放我下来，我有双腿可以自己走。”

奋力地挣扎，换来的是粉臀上重重的一拍。

“安静。”

是她听错了吗，还是人群中真的有人鼓掌？

“放我下来！”她头昏目眩地喊。

啪！

这一下，重得让她粉臀发疼，差点叫出声来。

“除了乖乖跟我回去之外，你哪里都去不了。”他徐声警告，丝毫不在意众人的注目。“我的心情现在糟得很，所以给你一个良心建议，不要再挣扎了。”

那紧绷的语气，让她听出他的怒意，远比表现出来的多，加上围观的人们除了观看，还有人拿手机拍照，她只能安静下来，小脸紧贴着他的背部，尽量遮掩五官。

逃脱计划宣告失败。

黄依依就在众目睽睽之下，被扛出火车站，送上消防车离去。

那天，她逃脱失败的消息，火速传遍全镇，从早到晚，镇民们聊的都是这件事，王家相馆下注的人潮更是再创新高，在黄昏之前就已破了纪录。

第八章 | Chapter 08

虽然，杨爱国劳师动众，把潜逃失败的她逮回来，但是他对待她的态度明显改变，从热情的火花四迸，彻底降到冰点以下。

销魂的热吻、温柔的触碰，甚至连话语都减到最少。

气恼的妈妈把她骂得狗血淋头，只差没要她像小时候犯错时那样，去祖先牌位前罚跪；就连妹妹也认为她不告而别的行为伤了妈妈的心，虽然没有数落她，却也没有安慰她；镇民们更是看到她，就失望地猛摇头。

赌局正热，还没有分出胜负，她就想临阵脱逃，这是众人最无法接受的事。

训练还是照旧，每天从快走开始。

只是，他深幽的黑眸，不再带有半点情绪，黑亮得像是黑曜石，看见她按时出现时，只会微微点头，连招呼也不打。他一如往常尽责，态度却疏离冷淡，像在执行一项任务。

照理说，她应该松一口气。

毕竟就是他的热情进逼，一次又一次的亲昵触摸、一步更进一步的情欲诱惑，让她深怕情不自禁，在不知所措的情况下，才懦弱地选择逃走，想以空间换取时间。

如今，那些会让她濒临失控的触摸与亲吻，全都成了过眼云烟，他不再碰触她，甚至还刻意跟她保持距离，两人之间始终相隔一米以上，他控制距离的准确能力，实在让人叹为观止。

但是为什么，她不觉得轻松，反倒若有所失，像是心口被挖了个大洞？

某次快走运动过后，在拉筋的时候，他难得开了金口。

“中午你自己回去，下午我有事情要办。”说话的时候，他甚至没有看她，黑如点墨的双眸直视前方，语调也冷冰冰的。

“好。”她小声回答，一边继续拉筋，过了一会儿后，终于还是忍不住好奇，鼓起勇气多问一句。“你要去处理什么事？”

这些日子以来，他总是严密监督她的饮食与运动，这还是第一次，他中途“告假”，松开对她的钳制，丢下她自行处理午餐，还有下午的伸展操，以及有氧运动。

“我要去相亲。”

轰！

他的回答，宛如晴天霹雳。

“相亲？”震惊过度的她，猛地直起身子瞪着他，差点因此闪到了腰。

“老邻居介绍的，对方是个钢琴老师。”他说得轻描淡写，终于略略低头，黑眸望向那张苍白的小脸，无情地来回审视，不错过她任何表情变化。

“可是——可是——”她咬着唇，胸口莫名发痛，久未出现的贫血状况，好像又发作了，让她晕眩不已。“可是，你以往都会拒绝的。”

“现在情况不同了。”他冷淡地说道，双手环抱在胸前，慢条斯理地明知故问。“不是吗？”

原来，不用动刀，只是动嘴，也能让人如此心痛。

一股热流涌进眼眶，依依狼狈地转过身去，却还是慢了半拍，被瞧见双眸中闪烁的水光。她努力地眨眼，克制着不要哭出来，有几颗晶莹的泪水，还是无声滴落。

伤心的情绪来势汹汹，她双肩僵硬，强装坚强，不肯在这时候示弱。她痛恨自己的软弱，只是听见这个消息，就满眼是泪，看出去的学校景色都浸润在蒙胧水光中。

事到如今，哭有什么用？

不肯答应交往的是她、怯懦逃走的人是她，他只是如她所愿，停止对她的追求，不再拒绝邻里的介绍，答应去跟别的女人相亲。

她无法怪任何人，只能怪自己。

“祝你相亲顺利。”依依吸了吸鼻子，勉强挤出这句话，不敢去猜想，他是否听得出来，这句话根本就言不由衷。

或许，就算他听得出来，他也不在乎。

“谢谢。”

他冷淡地道谢，结束拉筋运动后，连礼貌的道别也不说，迳自走到校园角落，高大的身影消失在田径队专用的浴室里，再也看不见。

应该识相快点回家的依依，只觉得双脚像是灌了铅，沉重得无法动弹。好奇就像是千万只小小的蚂蚁，在她心上乱爬，害得她心神不宁，几次想举步离开，往家的方向走去，却始终一动也不动。

终于，在经历几番天人交战之后，她还是向好奇心屈服，心头狂跳地四下看了看，寻找适合的地方，赶在他洗澡完毕前，笨手笨脚地躲到磨石子洗手台后方，伸长了颈项，远远地窥视浴室方向。

老天，她在做什么啊？

蹲在洗手台后方，依依抱着脑袋无声呐喊着。

不行，这太蠢了，真的好蠢，她还是回家好了。

她猛地站起身来，却无法真的举步离开。她想知道他相亲的对象，长得是什么模样；想知道他是不是真的，已经对她没了兴趣。说不定，他是为了拒绝对方，才会去的；说不定，他还是喜欢她……

这个念头太荒谬。

她企图逃走的行为，等于是当众甩了他一巴掌，狠狠伤了他，这世上女人这么多，俊朗的他本来就不是非她不可。

可是，她无法控制妄想。

如果，他只是一时还在气头上呢？如果，他其实还是喜欢她呢？那么她、她——

不行，她一定要搞清楚，他真正的想法。

所以到头来，依依一咬牙，还是重新蹲了下来。

这种行为无疑很丢脸。

但是，她的脸反正都丢光了。

过了一会儿，杨爱国才走出浴室，不同于先前的轻便打扮，他竟然特地带了西装来换装，梳洗过后的他，更显英气逼人，俊朗度飙升，肯定能给女方一个好印象。

心口莫名一缩，可是看着他大步走出校园，她等了一会儿，还是忍不住跟了上去，因为怕被他发现，所以她不敢靠得太近。

镇上几间适合相亲的咖啡厅，都不是开在闹区，大部分离校园不远，加上他身强体健，去哪里都习惯用走的，她猜测跟踪他，应该不是一件困难的事。

眼看他停在路口等红绿灯，依依匆忙冲到行道树后，贴紧粗糙的树皮，暗自庆幸自个儿够纤瘦，这段路的行道树也种植得够久，才能遮挡她的身影。

绿灯亮起时，他迈步往前走，她就往下一棵行道树移动，一棵接着一棵地躲过去，尽管白嫩的脸儿沾上灰尘，手心也数次被树皮擦伤，她也浑然不觉，心思都放在前头那个男人身上。

没有行道树遮掩后，幸亏还有骑楼的柱子。

虽然店家看见，她紧张兮兮地躲在柱子后，用运动服去贴灰尘，还不时探头探脑，也没有大惊小怪，更没有出来赶人。

比较困扰她的是，有人会拿手机拍照，她又羞又窘，怕引起骚动，不敢开口拒绝，只能都把脸转开，保持面向马路的方向，消极地回避，一边祈求上苍，不要被拍下太多的“证据”。

就这样偷偷摸摸、停停走走，跟踪了五条街后，她终于看见，杨爱国走进镇上最大的咖啡馆。

那间咖啡馆占地广阔，是挑高的两层式建筑，在内外装潢上都花了大钱，设计得美轮美奂，营造出国外图书馆般的美好气氛，加上是午餐时段，所以虽然是非假日，里头的座位也有五分满左右。

问题是，她看得到里面，就代表里面也看得到她。

依依隔着马路观望，担心他的座位会在里头，这么一来，她就非得跟进咖啡馆，才能看见跟他相亲的女人，是什么模样。但是，进了咖啡馆，她的形迹肯定就会暴露。

踌躇了一会儿后，她绕到咖啡馆后头，咬牙走进比人还高的杂草堆里，贴在落地玻璃的边缘，冒险往里头探看。

这个角度，能看到一部分的座位。

正午的阳光热辣，杂草堆里又蝇虫乱飞，刺刺的草尖戳进衣服里，痒得她浑身不舒服，她甚至不敢低头，察看自己是踩在什么东西上头。种种的不舒适，她全都忍耐下来。

几分钟后，穿着制服的店员，领着杨爱国跟一个容貌秀丽、气质满分的年轻女子到窗边的座位坐下，替他们点餐后离去。那年轻女子肯定就是他先前提起的钢琴老师。

不知道是老天垂怜，还是她运气好，这个位置恰好能让她窥见他们之间的互动，加上阳光耀眼，就连两人表情都看得很清楚。

他的俊朗她早就熟悉，但是久没看到他穿西装，竟觉得他比平常更帅气好几倍。当他露出笑容时，她更是心头一紧，几乎愿意付出全部，换取他对面的座位，希望他能再度对她展颜而笑。

曾经，能够全部属于她的一切，她没有勇气去接受，懦弱地选择逃离。

如今，她心中的酸楚苦涩，是否就是后悔的滋味？

依依眼睁睁看着他对着那女子微笑，神情时而温柔、时而专注，仿佛全世界只剩下那位钢琴老师般，殷勤地听着她说话，还不知说了什么，逗得对方双颊嫣红，掩嘴轻笑。

痛楚在胸口漫开，她无法移动，视线更离不开。

他先前也曾这么对待她，那些注视、那些笑容，之前都专属于她，是她的懦弱与愚蠢，毁去他对她的笑容，留给她的只剩面无表情的冷淡。

如果有机会，她绝对不会再逃走了，她会鼓起勇气——

倏地，当钢琴老师低头，优雅地端起杯子，喝着饮料时，杨爱国转过头，朝她的方向看来，虽然俊脸上仍旧堆满了笑，但黑眸却冷淡如冰。

他的视线穿过落地玻璃，牢牢盯着她，甚至上下打量了几秒，在钢琴老师发现之前，凌厉的视线很快又移开。

那一瞬间，依依心痛得倒抽一口气。

他发现她了。

而且，不是此时此刻才发现的。

他是保全精英，跟踪人是他的看家本事，她这种拙劣的跟踪方式，怎么可能不被他发现？说不定她才忐忑地刚踏出校园，他就已经发现，跟在后头鬼鬼祟祟的她。

但是，他没有回头，更没有揭穿她。

他来到咖啡馆，跟秀丽的女人相亲，让她看尽一切。

就连座位肯定也是他挑选的，因为他就是要她看见，她所失去的种种，在眼前活生生地重演。直到他厌了、烦了，不愿意让她再旁观，才刻意地看向她，无声地驱赶她。

羞耻与悔恨如强酸，一股脑儿地涌上，漫过她的心口，酸蚀她的心，又涨上喉咙，让她无法呼吸，最后才漫涨到眼眶，化为泪水流泻而出，湿润因为躲躲藏藏而脏污的双颊。

跟那位秀丽的钢琴老师相比，此刻的她满头杂草，脸是脏的，衣服也是脏的，肯定不堪入目，所以他只看了她一眼，就不再往她的方向再看来，黑眸继续又专注地望着钢琴老师。

依依从来不曾这么羞耻过。

泪眼蒙眬中，她狼狈地转身，在杂草堆中搜寻去路，却因为视线不良，接连摔倒两次，不但膝盖阵阵刺痛，底下的污泥还溅上来，脏污她的衣服，还有泪水不断滑落的双颊。

她不敢回头，不敢再看。

身体上的疼痛，比不上心痛。

她像是背后有怪物在追赶似的，踉跄地离开杂草堆，看也不看地奔跑过马路，一部载运鲜花的货卡，为了闪避她紧急刹车，只差一点点就会把她撞飞。

尖锐刺耳的喇叭声、人们侧目的眼神，她全都抛在脑后，只顾着尽力往前奔跑，一心一意要快点逃回家里，躲进她漆黑的房间，独自被心痛啃噬，直到泪水流尽。

直到此时此刻，依依才知道，原来懦弱的代价，竟是那么的沉重。

☆☆☆

接下来的日子，对她来说是最严苛的刑罚。

杨爱国没有毁弃承诺，照样陪伴她运动，一诺千金是他的本性，但是对待她的态度，没有丝毫恢复的迹象，天天都冷着一张脸，甚至看见她哭得红肿的双眼，也没多问一句。

明明连想到他，就会伤心不已，看见他本人更令依依难熬，但是为了赌一口气，不再重蹈覆辙，她鼓起残余的勇气，每日都来国中操场报到。

为了残余的自尊，不让更多的人看笑话，她会完成这个约定，让自己的健康不再出现满江红。

在她的房间墙上，有一张月历，每过去一天，就在日期上打一个叉。随着日历上叉叉增加，三个月的期限，眼看即将结束。

这也代表着，他们能相处的日子，已经不多了。

如此相处，虽然痛苦，但至少她还能见得到他。

虽然，他每天中午都会离去，害得她时常泪眼汪汪，但是她不曾再尝试跟踪，伤心地认定他跟举止优雅的钢琴老师，八成交往得很顺利。

就在依依的情绪，陷溺在忧郁的无底深渊中时，有一个人出现了。

那天下午，她去镇上规模最大的超市，采购新鲜蔬果，还自暴自弃地绕去零食区，想买几样零食回家，却沮丧地发觉，对零食的胃口真的消失殆尽后，只能结账回家。

超市的玻璃门往两旁滑开，一个少妇带着小女儿，身旁摆满大包小包的购物袋，正蹲在门口捡拾散落满地的水果，妨碍了人们的出入。

依依见状连忙跟着蹲下来，帮忙捡拾水果，三人忙了一会儿，才把水果都捡回来，装满一个大的购物袋。

“谢谢你。”娇小的少妇站起身来，感激地道谢，大大的眼睛、长长的睫毛，还有擦抹淡淡唇蜜的小嘴，精致美丽的眉目，美得就小说封面画出来的女主角。“我好像买太多东西了。”她微微懊恼地说。

四周的购物袋，光是大的就有五六个，小的也有十个以上。少妇看来柔弱，连提着那袋水果都显得有些吃力，更别说是要拿起所有的购物袋，一旁的小女孩力量更是有限。

极为相似的两张脸，一个大一个小，同时露出恳求的表情，期望地看着依依，激起依依强烈的同情心，深深觉得不帮助她们，简直会被天打雷劈，瞬间脱口就说道：

“我帮你们提吧。”

“太好了。”少妇轻捂心口，粉颊红嫩嫩。“说实话，我刚回镇上，因为忘了回家的路该怎么走，一时心慌意乱，才失手掉了水果。”

“你记得住址吗？”依依挤出友善的微笑，决定帮人帮到底，反正她的时间很多，多到只能用来伤心与懊悔，拿来助人为善，说不定能减少忧郁。

再者，柔弱的少妇与小女孩，有种让人无法拒绝的魔力，实在让人狠不下心拒绝，换作其他人，肯定也会见义勇为。

少妇说出住址后，有些不好意思地补充。“刚刚是家人开车载我们来的，说好买完东西就用手机联络，但是，我买完了东西才发现忘记带手机。”

依依点点头，本来想建议少妇可以搭计程车回家，小嘴才刚开张，瞧见警车就停在对街，驾驶座里还有人。

“你等一下。”她走到对街去，伸手敲了敲车窗。

坐在驾驶座上的男人，打开车窗后，拿下脸上的墨镜，露出黝黑的脸庞，即使认出她也没有特别反应，只是微微一笑，问道：

"有什么事吗？"

做好心理准备的依依，早就猜想到，坐在警车里的人，应该就是警长陈志明。她对警长没有什么意见，不过倒是很庆幸，停在这里的不是消防车，因为她不想跟成大业交谈。

"有一对母女刚回镇上，买了很多东西，却联系不到家人，你可以载她们回家吗？"她伸手往身后的超市门口指去。

"为镇民服务是我的荣幸。"陈志明点头，发动警车后绕到超市门口。

依依走回去，帮着少妇把购物袋一样一样地放进后车厢，告诉少妇可以搭警车回家，衣角却被悄悄扯住。

"我没搭过警车，你可以陪我吗？"少妇小小声地说，露出求救的表情。

她能够理解少妇的胆怯，既然都决定帮了，陪着搭警车也无妨，反正她也没有搭过警车，对创作者来说经验最是宝贵，往后写小说时，说不一定还能用上。

"没问题。"她回答的时候，无意间看见驾驶座上的陈志明嘴角上扬。

依依没有多想，跟着少妇与小女孩坐进警车。车子发动之后，她花了一点时间，观察警车内部的设计，直到警车停下后，才抬起头来。

车窗外是一栋新盖的三层楼房，不但独门独户，门前还有绿意盎然的偌大庭院。庭院里摆着烤肉用具，有几个男人正在忙进忙出，拿出食材跟饮料。

“陈警长，谢谢你。”少妇甜甜地说道，姿态优美地下车，走到后备厢去拿那些购物袋。

她也下车帮忙，取出比较重的那几袋，弯身搁在地上，起身的时候听见站在烤肉架前的男人，语调粗鲁地大声抱怨。

“喂，要你去买东西，你是买到哪里去了？我等了半天，肚子都快要饿扁了。”他一边咆哮，一边转过身来，脸色很难看。

依依全身都僵住了。

那是她熟悉的声音、熟悉的脸庞、熟悉的男人。

杨爱国看见她，瞬间也愣住，俊脸上难得露出错愕的表情。

砰！

警车的后备厢被用力盖上，依依急忙转头，还因为转得太快，脖子发出咔的一声。映入她惊慌双眸的，是少妇美丽的笑容，还有她来不及搭上，就迅速驶离现场，很快就消失在马路尽头的警车。

少妇没理会那家伙，只微笑说道：

“亲爱的，你人真好，让我好安心呢。”

说着，她一边顺手拎起沉重的购物袋。先前明明提得很吃力，这会儿竟单手就能拿起两大包，纤细的手腕跟大大的购物袋，相比之下异常突兀。

就连可爱的小女孩，也轻而易举就抓起所有小的购物袋，一蹦一跳地往屋里走去，经过杨爱国身边的时候，不忘愉快地打招呼。

“四舅舅，我们请了客人来哦！”她愉快地转了几圈，购物袋像是蕾丝裙摆一样，在她四周略微浮起，再因为重力而落下。

依依只觉得喉间干涩，挣扎了许久，才虚弱地吐出语句。“这、这里是你家？”对她来说，这里是地狱！

“是啊，”少妇的声音又甜又软，神色跟语气里，丝毫没有先前的不安。“谢谢你陪我回来，我家今天要烤肉，请你一定要留下来参加。”

“呃，不——”她不敢看向烤肉架，却清楚地感觉到，站在那里的男人视线紧紧锁住她。“这不太方便，我还是回去比较好。”天啊，她要用最快的速度逃走！

“噢，请不要拒绝。”少妇伸出手，亲切地握住她的手腕。“我们准备了很多食物，而且，我的家人肯定会很欢迎你的加入。”

依依严重怀疑。

因为，站在烤肉架前的那个男人，明显地就不欢迎她。

“杨小胖，你跟陈志明在搞什么鬼？”他怒声咆哮，把手中的炭夹用力甩开，溅起许多火星子，有几颗都飞到他脸上，造成小小的灼伤。

“四哥，我只是请警长帮忙，载我跟客人回来。”少妇一点儿也不怕，娇滴滴地笑着，还回头对依依说道：“你别理他，这阵子他就像是吃了炸药，脾气坏得不得了，练习场的沙包都被他打烂好几个。”

依依的脑子一片混乱。

伤心过度果然会影响思考，她向来灵敏的观察力变得迟缓许多，到现在才发挥作用。现在回想起来，异常之处实在太多，她早该有所警觉。

难怪，警车会那么刚好，就停在超市的对街。

难怪，这个被称作杨小胖的美丽少妇，嘴上说刚回到镇上，却知道开警车载她们回来的警长姓陈。

谜题解开了。

同为杨家人，手段都雷同，全都滥用公家资源。杨爱国去火车站逮她的时候，搭的是消防车；杨小胖去超市拐她的时候，利用的是警车，两者都有身为公务员的同谋，而她两次都“落网”。

“来，我们先进去，把这些东西拿到厨房。”少妇亲切地说着，握住她的手腕就往屋里走，完全不在乎杵在一旁、表情狰狞的哥哥。

“不，我真的——”依依拼命想拒绝，却赫然发现，少妇的力气远比想象中更强大，她只能被抓着往前走，根本无法挣脱。“拜托，请放开我——”她觉得自己像是被逮住的小动物。

难道，杨家人的遗传特别好，或是从小在道场训练，在体能上真的有明显的差别，不但人高马大的杨爱国体力惊人，就连娇小的杨小胖，看似柔弱实则力道惊人。

前方的三层楼房越来越近，敞开的大门在吓得腿软的依依眼里看来，简直就像是有野兽居住的阴森大洞，越是接近就越让她冷汗直流。

被称作小胖，却名不副实的美丽少妇，用跳芭蕾似的轻盈脚步，踏入屋内后，用软甜的声音宣布，引来屋内所有人的注意。

“哈啰，我带黄依依小姐过来做客啰！”

指名道姓更证实了，什么迷路啦、提不动东西啦，全都是谎言加预谋，屋内的人们全都放下手边的工作，抬头对依依行注目礼。一个风韵犹存、气质绝佳的妇人立刻迎上前来，张开双手给予温暖拥抱。

“太好了，依依，欢迎你来，我们一直都期待能看到你。”她亲切地说道。

坐在沙发的年长男人，发鬓灰白，双目炯炯有神，没有开口说话，只是友善地点了点头，身边连声喊着外公，一边报告“拐骗”经过的，就是先提着小购物袋进屋的小女孩。

三个年纪跟杨爱国相仿，体格也相似的男人，从屋里不同角落走出来，全都对她露出微笑，一副老早就知道，今日的烤肉会多出一个客人，还很肯定客人是谁的模样。

“嘿！”

“欢迎。”

男人陆续开口。“把这里当自己家，千万不要觉得拘束。”

拘束？

何止是觉得拘束，她简直都快窒息了。

身后一阵热浪袭来，仿佛烈焰燃烧的怒火，让温度都变高了，熟悉的咆哮声在耳后响起，每个字都让她惊跳起来。

“是谁说她可以来参加的？”

第九章 | Chapter 09

包括杨家最得宠，刚上小学二年级的凌灵在内，所有人都非常欢迎依依来参加自家的烤肉大会，不断殷勤招呼。

少数服从多数，虽然很民主，但少数可未必服气。

唯一投下反对票的杨爱国，就臭着一张脸，站在热气腾腾的烤肉架前，气愤到几乎快内伤，泄愤似的用烤肉夹，猛戳架上无辜的肉片与蔬菜。他的怒气远比烤肉架下的炭火更旺。

灵敏的听觉，逼得他无论愿不愿意，都会听进身后所有动静。

即使家里人多，他依然能清楚分辨，每个人的些微差异。

左后方靠近大门的欧式锻铁桌旁，杨家道场的创办人、杨氏保全公司的负责人杨奕，跟续弦妻子宋如意，还有女儿、外孙女同座，桌上满是新鲜水果。宋如意削着水果，杨家唯一的女儿，跟同样被宠到无法无天的外孙女，尽聊些芝麻绿豆鸡毛蒜皮的小事。

换作平时，他或许有兴趣参加老爸、小妈、小妹和外甥女的闲聊，回应诙谐逗趣的话语。但是，他这阵子心情坏透，满腔怒火无处发泄，今天更是火上加油，怒上添怒。

明明庭院宽阔，哪里都可以坐，他那三个哥哥就偏偏都把椅子拿到太阳伞下，围绕在依依身旁，像是这辈子没见过女人似的，抢着要得到她的注意，个个都使出浑身解数。

“依依，想吃什么、想喝什么都跟我说，我去帮你拿就好了。”杨忠国体贴入微，为她调整阳伞，确保她坐的地方舒适阴凉。“屋外热，太阳又大，你可不要晒昏头了。”

被众星拱月的她，羞涩地微笑道谢，嫩白的肌肤浮现好看的嫣红。“谢谢，我不怕太阳，晒晒阳光其实挺舒服的。”

“哦，太好了，懂得享受阳光的女人可不多。”

“难怪你气色这么好。”

男人们交相赞誉，左一句右一句地夸着，甚至还问起她用的保养品，听见她什么保养品都没用时，就说她是天生丽质、清秀佳人，没有化妆就已经素雅迷人，要是化妆后绝对颠倒众生。

烤肉夹牢牢按住一块肉，烤得那块肉滋滋作响，被炙烧得留下痕迹。杨爱国脸色阴沉，越听越不爽，强忍着冲动，才没有再摔烤肉夹，浪费上好的食材。

不怕太阳?

他额角的青筋，持续抽搐着。

先前她明明就宅在家里，彻底地昼伏夜出，怕阳光怕得像吸血鬼，只差没有住在棺材里面，被他逼着出门运动时，还包得像颗粽子，现在居然对别的男人说，晒晒太阳挺舒服的?

“你搭过吉普车吗？”杨孝国问道，不着痕迹地挪了挪椅子，靠得比其他两人都近，露出向来只对美女展现的迷人笑容。

“没有。”她诚实回答。

这下子，他连右眼下方的肌肉都在抽搐，烤肉夹握得更紧。

不关他的事!

他妈的她想跟谁出去关他屁事——

殷勤的劝诱再升级。

“那么，等一下吃完烤肉，我开吉普车载你去海边看夕阳。”

烤肉夹瞬间被捏得变形，发出嘎叽的声音。

听觉跟他同样敏锐的三只大色狼，肯定都听见了，却没有一个肯退开，全都在垂涎清纯的她，更别说是放弃。

“来，先喝罐啤酒，冰透了最好喝。”杨孝国拿出一瓶冰啤酒，送到她面前，体贴地拉开拉环。

没想到拉环一开，泡沫就咕噜噜地涌出来，落在她的衣服上，男人们的手都伸出来，同时往她身上探去。

“啊，抱歉抱歉。”

“你是怎么回事？”

“这罐大概先前被摇晃过了。”

“还不快去拿毛巾！”

“依依，对不起，这家伙就是笨手笨脚的。”

杨爱国听得咬牙切齿，凶狠地回眸，映入眼中的景象，让他头一次兴起弑亲的念头，恨不得手里拿的是锋利的斧头，而不是烤肉夹。

手！

那些手是在做什么？

啤酒泡沫也没有多少，需要三双手同时出动，在她身上东摸西摸吗？

而且，泡沫被扫除后，那些手明显多逗留了几秒，看得他差点把牙齿咬碎，眼睛都快喷出火来。

干净的毛巾拿来了，问题是，却不是交到她手里，而是由始作俑者，也就是邀请她去看夕阳，又弄湿她衣衫，明显心怀不轨的杨孝国服务，一下又一下体贴地擦拭，直到确认衣衫彻底干透。

“没关系，没事的，已经干了。”她面红耳赤地说着，歉然地伸手拒绝再次递上的冰啤酒。“抱歉，我不喝生冷的饮料。”

“生冷的饮料伤身，不喝是对的。”杨仁国黑眸一亮，将杨孝国挤到一旁，把手中的出于莺歌名家的作品，釉彩温润如玉的三度烧陶瓷茶杯，送到清丽佳人面前，在空杯内倒入香气四溢的热茶，琥珀色的茶汤，在浅浅的杯底荡漾。

“来，喝这个。”

推掉冷饮又送上热茶，三兄弟的攻势严密，犹如牢不可破的铁三角，保持气氛热闹滚滚，不但没有冷落她，还暗中较劲，彼此有默契，还考虑到兄友弟恭，从大哥先开始、老二续攻，目前轮到老三出手。

至于排行老四的那个，则是站在一旁，气得只差头上没冒出烟来。他的黑眸直瞪，双手握得死紧，强大的力道，把德国双人牌的钢制烤肉夹捏得变形，烤肉架上的肉片与蔬菜，已经焦黑一片。

依依不好推辞，加上茶又好香，于是才在男人们的注视下，柔嫩的小手接过茶杯，红唇轻贴边缘，浅啜了一口后，立刻低声惊呼，俏脸上满是讶异。

“真好喝。”她真心说道，嫩软的舌尖，在唇间浅探而过。“有种甜味。”她没有喝过这样的茶。

“这是梨山的乌龙茶，我朋友的茶园种的，找时间我带你去。”倒茶的那家伙可得意了，明知上山需要过夜，却隐瞒不说。“你是写小说的，取材最重要，可以拿来作参考，对吧？”他积极劝说。

清丽的小脸抬起，没有半点防备，乖乖点头赞同。“谢谢杨——”她不太确定，“抱歉，我一下记不住，你是杨——”

“仁国。”他笑眯眯地说，靠得更近、更近、更近——

太近了！

杨爱国眼前一阵发黑，再也忍受不住。

“够了！”他厉声制止，丢下烤肉夹，大步走过去，抓起依依纤细的手腕，“你跟我进来一下！”他用力拖着她，严厉的视线扫过哥哥们，只差没有像猛兽般龇牙咧嘴，宣告对她的所有权。

男人们没有动弹，只是静静挑眉，个个神情兴味盎然，表情各异地看着连声道歉的客人，被弟弟拖进房子里。

沉重的步伐一步又一步，每走一步就像在地上钉下一个钉子，入门后一转，才进厨房就火山爆发，朝着踉跄的小女人，粗鲁地大吼大叫。

“你那是什么态度？”他倾下身怒声质问，居高临下地俯视眼前满脸通红、神情无辜的小女人。“你就没有警觉心吗？为什么跟陌生男人那么亲近？”

陌生男人？

被拖进屋的依依，被指责得莫名其妙。“他们不是你的哥哥吗？”她不解地望着，那张怒意满到灼人的俊脸。

“那又怎么样？”他咄咄逼人，靠得更近。“对你来说，还是陌生男人。之前，你什么人都躲，尤其是男人，躲到想逃离镇上，现在连被包围了也不知道该自保！”

“我只是想维持礼貌。”这就怪了，他先前冷冰冰，连多看她一眼都厌烦，怎么现在反倒吹毛求疵起来，像是她跟男人交谈，就是滔天大罪。“再说，他们人都很好。”

“好？”

平地一声雷，轰得差点连屋顶都要掀了。

“你的戒心都到哪里去了？被狗吃了吗？”他大吼大叫，妒火攻心，只差没呕出血来。“才第一次见面，手就伸到你身上乱摸，瞎子都看得出是没安好心，你却笨到不晓得要躲。”

被骂得火大，胆怯咻咻地消失，依依脸色也变了，伸出修长的食指，往前方结实的男性胸膛，猛力戳戳戳戳戳。

“他只是在替我把衣服擦干，况且你还不是第一次见面，就摸我的胸部？”她的记忆力可好得很，清楚记得那时他有多么无赖，趁机吃她豆腐。

“妈的！”他口不择言地咒骂，几乎想伸出手，用力摇晃她的肩膀，看看她脑子里还有没有半点脑浆。“你是笨蛋吗？我那时就是对你没安好心！就像孝国刚刚也只是趁机吃你豆腐！”当初的企图，他自己也是现在才看清。

从第一眼开始，他就被穿着卡通睡衣，双眼像小鹿般无辜，行径小小古怪，藏着少女心思的小女人吸引。

有几秒的时间，依依完全呆住了。

然后，羞意袭来，她双颊发烫，窘得想钻个地洞躲进去。

这、这种告白太刺激，无赖到无耻的程度，就算真有这种心思，也都是藏在心里，哪有人像他吼得这么大声的？

“你、你不要以小人之心，度君子之腹，你这样想，他们未必如此。”她脸红红的，不相信自己魅力无敌。她不在乎吸引谁，只在乎他愿意说出，深受她的吸引——

他会说出来，代表着，现在她也还能吸引他吗？

希望浮上心头，眼眶一阵热烫，跟先前躲在咖啡馆外，被他瞧见那样，眼圈慢慢变红，只是情绪天差地远。

那时，是伤心，此刻却是难以形容的欣喜。

这是吃醋吗？是吗？

她咬着嫩嫩的唇瓣，不敢问出口，只顾看他大发雷霆、破口大骂，即使如此他还是好看得很迷人，男人味十足，让她心头小鹿乱撞。

“什么君子？”不知泄露太多的他，还在气头上，一手指向厨房的窗外。“那几个家伙跟我同父同母，脑子里想的跟我绝对差不到哪里去，全都是下流坯子！”

毛玻璃外贴着几个可疑暗影，三个大男人站在外头，厚着脸皮偷听，厨房里每句话都听得一清二楚，听到指控入耳，其中一个挑起浓眉，颇不以为然地低声抱怨：

“谁下流了？”他可是堂堂正正做人。

谁知立刻有人接腔，同样小声。

“你。”

另一个也点头。

“同意。”

“喂！”

兄弟阋墙即将开打，筹划与执行一手包办的少妇，用食指贴住唇，警告哥哥们住口也住手，免得打扰里头那对，好不容易又开始对话的两人。

“闭嘴闭嘴，仔细听。”她下令。

妹妹的霸道，哥哥们最是知道，况且有好戏可听，这时候内讧实在可惜。三人决定交换几个眼神，达成和平共识，维持相同姿势，继续往下听。

厨房里头，咆哮继续传出，其实不用偷听，就连坐得比较远的凌灵都听得一清二楚。

“还有，搭吉普车去看夕阳，孤男寡女在车上，你就不怕被那家伙吃了？他可不像我这么有耐心，陪着你慢慢耗！夕阳都还没沉海里，你就会被他吃干抹净了！”他握住胸前的嫩指，用力捶着心口，咬牙提醒。“你逃离我，却要跟别的男人出去？”

这句质问，带着痛也沾着酸，连傻瓜也听得出来，是纯度高达百分之百的忌妒。

她心头一软，红唇轻颤，低声说道：

“我没有答应去海边。”

恼怒中的他没听见，继续数落。

“更别说是茶园，偏僻又必须过夜，你知道他用这招，拐过多少女人上山吗？”他越说越气，事情跟她有关，就理智全失。“到时候夜里太冷、房间不够都可以当借口，他说不定摸进你被子里，还会说这是帮你取材！”

红唇往上扬起，笑意隐隐。

她都不知道，他的想象力这么丰富，连媲美小说情节的遭遇，都事先为她预想到了。他把她说得好傻，天真又单纯，忘了她的心防只为他松懈，除了他之外，不愿也不想跟别的男人独处。

“我没有答应去茶园。”她耐心地说。

窗外窃听组的其中一人，听着骂声连连，终于也忍不住，为依依说了句公道话。

“对啊，她没答应去茶园。”更重要的是，他可以对天发誓，才没有“常用”这招拐女人上山。“我只用过两次，成功率才一半而已。”这是诽谤嘛！

不合群的举止，严重影响众人权益，得到的是众人一模一样的姿势，用食指猛点嘴唇，还有又重又大声的一声：

“嘘！”

这下子，厨房里盛怒的杨爱国，也听见动静，以迅雷不及掩耳的速度，哗啦一声把窗户推开，用力之大险些把窗户拆了，毛玻璃裂痕处处，其中一小块还崩落下来，滚落到草地上。

既然敢偷听，当然要有本事。

窗户虽然开得快，但杨家兄妹的动作更快，从小在道场练出的身手，就连出国比赛也能光荣得奖、载誉归国，偌大的庭院对他们来说，根本就是小意思，没有半点障碍。

当窗户被打开，凌厉的黑眸瞪向户外时，兄妹们早已散去，闪电般回到各自该在的位置。

忠国站在烤肉架前，低头端详烤焦的食物，啧啧有声地直说浪费；孝国拿着抹布在擦吉普车的挡风玻璃，挑剔得不放过半点灰尘；仁国坐在离窗户最远的地方，怡然自得地啜饮好茶，妹妹则是拿着手机站在一旁，问丈夫什么时候要过来吃烤肉。

窗户外头只剩下两个人。

一个是他严肃寡言的爸，一个是他温柔的继母。

宋如意蹲在地上，用惊喜的语气说道：“哎啊，这朵花好漂亮。”她的四周都是草，别说是鲜花，就连棉花也没有。“亲爱的，你说对不对？”她深情地看向丈夫，寻求支持。

刚毅木讷、一诺千金，这辈子没说过谎的杨奕，僵硬了几秒钟，不敌爱妻的柔声询问，狠心打破铁则，做下最艰难的决定，僵硬地点了点头。

身为被窃听的受害人，对哥哥们与妹妹发火，杨爱国绝对不会嘴软，但是眼前没有逃走的人，就剩下爸妈，还费心睁眼说瞎话，说了这么明显的谎话掩饰，百善孝为先，他就算再生气，也不可能对爸妈怒骂，只能硬生生吞下咆哮。

为了确保隐私，不再让兄妹有机会偷听，他再度握起依依的手，大步离开厨房，往屋里深处走去，上了楼梯到二楼，走进一个房间，再把房门锁上。

他们终于能独处了。

☆☆☆

白天房里没开灯，窗户是开着的，方便空气流通，也能自然采光。

按照她勤于观察的天性，还有职业需求，到每个地方都先留意四周，是她这些年来下意识的老习惯，只在她近期为情所伤，才变得迟钝。

伤心，是为了他。

专心，也是为了他。

房内一切她看都不看，双眸全心全意，只看着眼前的男人。

妒火烧得他黑眸灼亮，俊脸上怒意未消，进门就转身，高大的身躯把她困在门边。

这儿没有闲杂人等窃听，但是她被其他男人包围的画面，始终萦绕不去，惹得他薄唇半开，又要细说从头，好好数落她一顿。

“你怎么会这么蠢？你妈没教你，不可以随便喝陌生人递来的饮料吗？要是饮料被下药——”

依依仰望着眼前那气得火冒三丈、破口大骂的男人，不知哪来的一股冲动，突然踮起脚尖，捧住那张俊容，在薄唇上印吻甜嫩的柔软红唇。

这大胆的行为，彻彻底底消弭指责，高大的身躯瞬间化为石像，也像石像般完全安静下来。

她感觉得到，他的僵硬、他的错愕。

第一次主动，这个吻很笨拙，但是无比认真。她有些羞怯，起初是用回忆中他教导的方式，小心翼翼地亲吻，不过亲着亲着，腻甜的情意上涌，陶醉得无法再思考，嫩唇软舌依从本能青涩试探。

该死，她在做什么？

他难以置信。

这是她第一次主动，她的唇，那么甜、那么软，因为羞涩，微微地轻颤，严重影响他的思绪。

暖烫的呼吸，在吻与吻之间传递，他转被动为主动，低吼一声把她拥进怀中，以饥渴的热吻责罚，惩治这清丽的小女人，竟在得到他的心之后，却残忍地狠狠折磨，只差没有丢在地上践踏。

老天，她尝起来的感觉比记忆中更美好！

他真想将她整个人吞吃入腹，让她完全成为他的，让所有男人都知道她只属于他，谁都别想染指，连看都不许多看一眼。

太过粗暴的吻，让她嘤咛出声，有些瑟缩。

察觉到她的战栗与瑟缩，他这才发现自己太过忘情，不但将她紧压在门上，大手还探进她的衣里，罩着雪白柔软的酥胸，另一手甚至捧抱着她的粉臀，将娇小的身躯抬离地面。

她满脸通红，大眼里满是惊与羞，红唇被蹂躏得微肿。

该死！

他从来不曾如此失控。

腿间欲望隐隐悸动，他几次想退开，却做不到，只能勉强把手从浑圆撤离，滑到纤细的腰上，让她站回地面。他埋首在她肩头，抵着门板喘息，试图恢复冷静。

这比他经历过最危险、艰难的任务，还要困难千万倍。

怀里的小女人，闻起来是那么地香甜、感觉起来那样地软嫩。她没有动，甚至没有推开他，乖乖待在他怀中，但是她的心跳得很快，仿佛奔跑中的小鹿。

过了一会儿，当他考虑起身时，她却抬起了手，靠在他耳畔，轻声细语地先开了口。

“对不起。”

她的道歉，让他无言以对，开口时声音沙哑。

“为了什么事？”

“一切。”依依低着头，嫩白的小手溜进他的手中。“所有让你生气的事情，我都很抱歉。”她衷心道歉，半点也不保留。

可恶！

她要折磨他到什么时候？

宽厚的大手紧握，热烫的怀抱也更紧了些，他的脸埋进她的发里，深深闻着她的芬芳，非要确定她真的在怀中不可。

“你不该逃走。”他太在意，是因为太在乎，所以真的动怒，天天冷淡对她，其实自己更不好受，每次瞧见她哭过的模样，就彻底厌恶自己。

这次，依依决定不再懦弱、不再逃避。

玫瑰说得没错，她是个胆小鬼。但是，后悔让她看清，他的情意有多么宝贵，即便是懦弱如她，也不愿意就此放弃，从此后悔终身。

“我害怕。”她实话实说，娇小的身躯汲取他的体温，感觉好怀念，好不容易才回到好多次在睡梦中、清醒时，思念已久的位置。贴在他怀中，她的一颗心就踏实了，哪里也不想去。

“害怕什么？”他哑声再问。

她轻叹一口气，倾诉所有。“怕你，更怕我自己。”

“我没有强迫你。”他的语气有些僵硬。“你要是不愿意，可以拒绝。我没那么不识相，不会死缠着你不放，但是，你一句话都没说，就急忙要逃。”

这才是最气人的地方，他为她痴迷，还以为是两情相悦。

毕竟，她不曾真的拒绝，甚至还回应了他的吻，谁知到头来，却二话不说，当着众人的面跑了。

“就因为你没有强迫，所以我更怕。”她不回避，实话实说，贴得他更紧了些。“你让我情不自禁，越来越控制不住自己，白天遇到的是你，晚上梦里也是你，如果不快快逃走，我只会彻底沦陷。”

即使有再多恼怒，耳里听着坦承的话语、怀里抱着柔软娇躯，怒气就像是被刺了一针的气球，缓慢但确定地流失，虽然没有瞬间消失，但也残余不多。

“我看过你写的书。”他怀中的小脑袋，猛地抬起来，圆亮的水眸羞羞地凝望。“我不是你书里头那种温柔男人，可以耐心守候八年、十年。事关心爱的女人，我绝对不可能宽宏大量到哪里去！”

粉嫩的小脸，红得像在春季盛开的花。

哇，他刚刚说，她是他心爱的女人！

依依喘口气，羞得不知如何是好，只能用双手再度抱紧眼前的男人，用行动表达满满情愫。

这次，她没有主动吻他，静静听着他强而有力的心跳，感受他说话的时候，贴着宽阔胸膛的耳朵里，传来清晰震动。

“咖啡馆那件事，我真的很混账。”他承认，“看到你哭的时候，我追了出去，一路跟着你，直到你回家。”

这可大大出她意料之外，惊得又仰起小脸，双眸眨啊眨，满脸都是讶异。

“你追出来了？”她目瞪口呆，小手揪紧男性棉质衣衫。“那个钢琴老师怎么办？介绍的媒人又怎么说？”这可是大事啊，惹人议论的程度，肯定不在她逃走的话题之下。

“对方没跟我计较，倒是媒人唠叨得我耳朵长茧。”他拧着浓眉，用力把她抱在怀中，直到小脚沾不到地，两人的视线齐平。“说，你会跟我交往！”他逼近。

好霸道啊！

他跟她写的温柔男人，有太多不相同，却偏偏教她一往情深。

“好。”她答应。

“一个字不能打发我。”他顽固坚持，非要亲耳听见，毕竟已经等得太久。“我要听你完整地说出来。”

她咬了咬唇瓣，吞咽笑意，认认真真地说道：“我会跟你交往。”

“跟谁？”

“杨爱国——”哇啊，她又被压在门上了。

热烫的情意，比巧克力更浓更甜，两人的声音都变哑了。他的吻扑来，饥渴地品味红唇，再三留恋相隔多日，思念的滋味，填补中间的空白，比当初追求时更火热。

不规矩的大手，游走进她的衣裳，挤开蕾丝内衣，掬握满手的粉嫩润白，粗糙指尖刷过肌肤，用她最熟悉也是最难以承受的方式，恣意地爱抚，直到她忍不下呻吟。

偌大的房间被冷落，情人挤靠在门边，觉得这样的小天地，亲密得恰到好处。

热烫的吻时轻时重，洒落在她身上，轻的时候像是羽毛轻刷，重的时候如似啃咬。

这么亲密的事情，她曾经听说过、写过。

但是，她从未想过，自己会被如此对待，羞得人如一朵绽放的花，被恣意品尝，同时也被珍惜、被怜爱。

疼痛被抛到脑后，她让他沙哑喘息。

薄唇来到她的红唇上，印下许诺的吻，黑眸凝望着迷醉的她，在逐渐剧烈的冲刺中，嘎哑低语。

“瞧，我们是适合的。”

她小脸酡红，无法言语，双手攀着宽阔的肩，感受他。

一滴汗水从黝黑胸膛上滑落，意乱情迷的依依，忍不住伸手拭去那滴汗水，小手流连不去，用他对待她的方式，轻缓抚摸，留下一串火苗。

“你是我的，生来就应该跟我在一起。”

他没有听见回答，但她急切的拥抱，还有再度嫣红的娇躯，已经给予他全然赞同的反应。

第十章 | Chapter 10

啾啾啾——啾啾啾——

小鸟在窗外啁啾，晨光从窗外洒落。

阳光照上沉睡的小脸，全身倦累酸疼的依依翻身侧躺，把脸儿埋进舒服柔软的枕头，试图继续赖床。

羽绒填充的枕头，舒服又温暖，还有熟悉的男性气息。

咦?

半梦半醒的小脑袋，浮现一丝困惑。

怪了，她的枕头里怎么会有男人的味道?

依依像小猫似的，狐疑地吸吸鼻子，味道没有散去，反而更加鲜明了。她闭着双眼，整张脸都埋进枕头里。

没错，真是男人的味道。

事实上，是某人的味道——说得更正确一点，是杨爱国身上，那种混杂些许汗水跟薄荷洗发精的香味——

她喜欢他身上的味道，让她联想到盛夏的阳光，跟可口的巧克力薄荷冰激凌。

懊恼的叹息，从红唇中吐出。

唉，她思念他的程度，竟严重到连做梦都会闻到他的气息，梦里的他热情得好邪恶，对她恣意妄为，跟这阵子冰冷的态度截然不同。

依依深吸一口气，在被窝里蜷缩得更深，粉嫩的脸颊在枕头上，又依恋地蹭了好一会儿，期盼梦境能停留得久一些，重温他的热情，不要去面对现实中他的冷淡。

不过，属于他的气息里，掺入别的气味，很像是——很像是——她被诱得抬头，闻到巧克力的香甜，还有——噢，那是那是鲜奶油和焦糖吗？

呜呜，好香啊！

她呻吟出声。

老妈今天做了什么早餐？怎么会那么香？不对，应该不是老妈，她最近只爱蔓越莓鲜奶馒头。

该不会是隔壁邻居吧？

依依把被子拉到脑袋上，却阻挡不了食物的香味，除了鲜奶油和巧克力、焦糖，连火腿和煎蛋的味道都出现了，闻得她饥肠辘辘，肚子直叫。

太过分了啦，到底是谁早餐吃得这么丰盛？

不敌食物香味的召唤，依依掀开被子，猛地坐起身来，正想起床去寻找犯人，却在睁开双眸的瞬间呆住。

晨光从窗外洒落，洒在地上、床上、被单上，甚至是她身上。但是，这根本不是她的房间，也不是她的床，更不是她的被单。

睡意咻咻咻地消失，她双眼圆睁，惊恐地看着陌生的房间，喉间凝聚着响彻云霄的尖叫，就要脱口而出。好在，尖叫出口的前一瞬间，她的视线扫见地上的男性T恤。

鲜明的回忆扑击，脑中的画面清晰无比，重复播放杨爱国昨天在她眼前脱掉这件衣服的画面。不仅如此，就连她的衣裳被剥掉的记忆，也一清二楚地出现在脑海中。

依依小脸娇红，火速低头，映入眼中的果然是自个儿的赤裸身躯，还有肌肤上或深或浅的羞人吻痕，证明昨晚的缠绵，并不是一场梦境。

她在杨家，在杨爱国的房间里！不只如此，她还因为做爱后的倦累，在他的床上睡了一整夜！

依依伸手捂住到嘴的尖叫，满脸通红的惊喘，惊慌过度的她，像只鸵鸟似的又躲回被子里头，却清晰地闻见两人昨晚欢爱后的气味。

噢，天啊！

邪恶的、欢愉的种种，因气味更清晰，教她心头狂跳，全身发烫，小脸红到快冒烟，只能埋进枕头里，闷着声尖叫，发泄过多的惊慌。

过了一会儿，好不容易镇定下来的依依，鼓起勇气偷偷掀开被子一角，确定房间里没有旁人后，才迅速跳下床，寻找自己的衣物。

最先找到的，是贴身的丝质小裤裤。

她一边穿上，一边环顾四周，期望能找到内衣，视线从地板上，游走到墙角的橱柜，在阳光下闪烁的金牌与银杯，勾起她的好奇心，想着只看一下下就好，赤裸的双脚不由自主上前。

橱柜里头摆满各式各样的奖杯与奖牌，有空手道、跆拳道、自由搏击，甚至还有一面射击银牌，每个奖牌跟奖杯上，都刻着得奖的年份，还有比赛项目。

摆放在最中间的，是一张他跟家人的生活照。

照片里头，有他的父母、哥哥们跟小妹，还有古灵精怪的外甥女。在家人身旁，他笑得好开心，没有半点心机，像是个爽朗的阳光大男孩，让她也忍不住微笑。

除了橱柜中央，床头也有几张家族照片，还有一整排又大又厚的相簿。

她抽出一本，翻看他被照片撷取记录的人生片段。其中一张照片里的他好年轻，看来只有十八岁左右，穿着空手道的道服，腰上绑着黑带，抱着右脚坐在地上，汗湿的脸庞满是痛苦。

嫩嫩的指尖，描绘照片里年轻的五官，因为他的痛苦而心疼。

“那次比赛，我扭伤了脚，没能晋级决赛。”

男人的嗓音响起，吓得她回神，匆匆转过身去，这才发现杨爱国不知何时已经进了房间，还走到她身后，黑眸闪现火光。

原来，好奇心不只会杀死猫，还会害人沦落到难堪窘境。

羞不欲生的依依惊叫一声，只能拿现有的相簿，聊胜于无地遮挡在胸前，掩住裸露的雪嫩丰盈。

“早知道能这样，被紧压在你的胸部上，我当年应该多输两场。”性感的低沉嗓音里，有着浓浓笑意。

胸前的照片，蓦地好像活了起来，仿佛是他本人贴在那儿，惹得她酥胸软麻，红润的蓓蕾娇挺绽放。她羞得全身泛红，眼睁睁看着他逼近。

杨爱国低下头来，给了她一个火辣辣的吻。当她全身发软地被逼回床上时，漂亮干净的脚指头都蜷缩了起来。

当他退开的时候，阳光照耀着那深刻的五官，俊帅得足以让三岁到八十岁的女性心头小鹿乱撞。

“早安。”他说。

她的声音小小的，双手紧抱相簿不放，心头那只小鹿正在跳霹雳舞。

“早、早安——”

薄唇上扬，笑得更开心。高大的身躯在一旁坐下，这才将手中的拖盘送到她眼前。

“我帮你做了早餐。”

依依的双眸睁得好大，直盯着眼前这盘，丰盛得像是美食节目里，名厨制作的豪华餐点。

蘸了蛋汁的法式吐司，被煎得金黄香甜，上头还挤了鲜奶油，再放上草莓、蓝莓、奇异果，然后又是一层鲜奶油，最后再淋上巧克力，最顶端还放上了一颗娇艳愈滴的新鲜樱桃。

不只如此，法式土司旁边还有煎蛋卷、火腿、起司。拖盘上仅剩的空间，则放着一杯正在冒气的热牛奶。

“这是我的早餐？”她是在做梦吗？

小嘴才刚刚张开，就被他用樱桃塞住，逼得她只能红着脸，乖乖咀嚼甜中带酸的果实，连带舌尖也尝到鲜奶油的滋味。

“我不是需要减肥吗？”即使在生病之前，她也没吃过这么丰盛的早餐。事实上，她那时候根本不吃早餐。

“不是减肥，是调养身体。”他笑着拿起叉子，叉起一小块煎蛋卷，喂进她的嘴里。

“调养身体可以吃得这么丰盛吗？”她一边问，一边吃下那口包着融化起司，还有甜椒的蛋卷，差点因为美味而呻吟出声。

这无声的赞美，让他得意不已，笑容更灿烂。“昨晚，我消耗你太多热量，当然得负责帮你补充。”说着，他又喂了颗草莓给她。

“所以，这算是奖励？”提起昨夜，她就脸红心跳。

“不，这是战力补给。”杨爱国说着，低头舔去红嫩小嘴边沾上的鲜奶油后，才得意又自大地告诉她：“我才是你的奖励。”

他的骄傲让她说不出话来，尴尬之余只能冒险，一手抱紧遮掩用的相簿，一手抢下叉子，朝着丰盛早餐进攻，一口口吃下美食。

只是，吃不到几口，她却听见某种声音响起。

咕噜。

那声音很近，近得就在她耳畔。

咕噜。

她的视线狐疑地看向声音来源，那是他的肚子，因为饥饿而发出的声响。像是为了确认，当她注视时，那声音响得更大声。

咕噜噜噜噜噜噜——

“你还没有吃早餐？”她微微一愣。

“没有。”他摆出绝对犯规的小狗表情，俊脸上满是无辜。“我怕你饿了，所以先弄一份给你。”

依依看看早餐，再看看他，迟疑了一会儿，直到再度听见他的肚子咕噜作响，才确认他真的没吃早餐，正饿着肚子等她喂。虽说，他故意只拿了一根叉子，根本是早有居心，但是食物这么多，她一个人的确吃不完。

“喏，你也吃一些吧！”她红着脸，弄了一块蛋卷，送到微笑的薄唇旁。她是喂过小狗小猫，但是喂食一个大男人，还是头一次。

他注视着她，缓慢张开嘴，吃下那口蛋卷。

这么简单的动作，却让她羞怯更深，但在害羞之外，又感觉到心中仿佛打翻蜂蜜罐子般，一阵暖暖的浓甜。

“好吃吗？”她忍不住问。

“我做的当然好吃。”他笑得好得意，白牙闪亮亮。

那得意的模样，不同平日的俊帅，反而可爱极了。她完全没有想过，他这个雄赳赳气昂昂的男子汉，竟也会有这种男孩被称赞后的得意神情，让她更为心动，又喂了他一口。

她的主动，让他猝不及防。

黑眸之中涌现柔情，薄唇张开，吃掉她喂来的食物。俊容上、黑眸里的神情，比先前的笑容，更让她万分心动。

情不自禁地，她再喂了一口，他吃着吃着，大手握住她的小手，叉了一块吐司，亲密地喂她吃。两人甜甜蜜蜜，你一口我一口，吃完眼前那盘丰盛的早餐，从肚皮到心灵都饱足。

之后，他找出昨天被脱去，还因为用力过度，好几处缝线都绽开的衣服还给她。他的嘴上说抱歉，眼里却又满满得意。

“转过去。”穿上衣服之前，她还抱着相簿，聊胜于无地遮掩裸露。

杨爱国挑眉，顺着她的要求，噙着笑容转身，还不忘问了一句。“你没有忘记，身上所有该看的不该看的，我全都看过了吧？”

回答他的，是一个飞来的枕头，正中他的后脑，惹得他笑得更开心。

当他再度转身的时候，依依已经穿好衣裳，看起来又一副清新可人的模样，几乎教人难以想象，她昨晚曾那样娇羞却又热情地回应他。

当他黑眸灼亮地盯着她时，她的脸儿又红了，讷讷地问道：

“你在看什么？”她明明穿着整齐，但他看着她的模样，仿佛她此刻还是赤裸的，身上一丝不挂。

晨光为他的五官，镶上淡金色的框边。“我们是以结婚为前提交往的男女朋友了，对吗？”他语气慎重地问，认真确认。

这问题教她心儿乱跳，好不容易鼓足勇气，望进他的双眸中。那双自信满满的黑眸，除了认真之外，竟略带些许不确定，几乎算得上是忐忑。

是她先前的怯懦，让自信满满的他，也会有这种神情，证实他对她的一切是那么在乎。

面对他的深情，她要是再逃避，就是背弃此生的幸福。

于是，她用最虔诚的表情，不逃避他的视线，深吸一口气，无比认真地点头，说出的话语等同许诺。

“对。”

他一定是听出，那个单字之后代表的重大意义，俊容上又出现令人怦然心动的笑容，大手朝她伸来。

“来吧，我送你回家。”

依依心头满满的悸动，跟他执手相牵，觉得只要跟他在一起，就能远赴天涯海角——然后，她想起来了，瞬间小脸发白。

“啊，我昨晚没回家也没报备，妈妈搞不好都去报警了！”如果不跟母亲大人禀报行踪，就算是远去天涯海角，也会被追回来。

“放心，我刚在楼下遇到我妹，那个管家婆昨晚已经打电话给你妈，报备你在这里过夜的事了。”

“咦？”她愣了一愣，小脸发烫，尴尬地问：“你妹？她知道我——呃——在这里没回去？”

“对。”他笑看着她。

依依蓦然领悟，恐怕他全家大小，都知道他昨天把她拉到房间里后，就再也没走出去过。一时之间，她只能捂着小脸，窘迫地呻吟出声，真想找个地洞钻进去。

“他们——你家里的人全都知道了，对不对？”

“对。”他笑着拥住尴尬的小女人，在泛红的额头上印下一吻。“放心，我妹跟你妈说，你和她一起睡。我家的人也没那么多嘴多舌，不会到处去宣传。”

她把脸埋在他怀里，又羞又窘，好一会儿才说得出话来。“光是我在你家过夜这件事，就能让镇上的人说上十几二十年。”

“怕输掉你的大同宝宝吗？”他坏坏地笑。

依依抬起头来，一脸可怜兮兮，呻吟得更大声。

“噢，可恶，我忘记了。”呜呜，她的大同宝宝回不来了。

瞧见她的沮丧，他却笑得更开心。毕竟，这证明了，在她的心中，他的分量远比那个塑胶玩偶重要得多，才能用男性魅力，让她忘却重要的赌注。

依依还不死心，抱着一丝希望问道：

“我们可以假装，还没开始交往吗？拜托，只要再一星期就好，再过一个星期，我就能保住大同宝宝了。”

“你这是诈赌。愿赌要服输。”他笑着摇头，转身牵握着她往外走。

“我的大同宝宝是限量的啊。”她嘟囔着。“况且，要不是你一开始表现得那么恶劣，我怎么会拿大同宝宝去下注，都是因为——啊，等等、等等！”她站定身子，不再前进。

“怎么了？”

她羞羞地红了脸，小声说：

“别走前门，走后头啦，”要是遇见他的家人，她恐怕会羞到自燃。“你家有后门吗？”

“当然有。”他笑意深深，知道她脸皮薄，衷心提出建议。“不过，相信我，我们还是走前门的好。”

“不不不，走后门！”因为随时都会被发现，所以她急着离开，听不进他的建议，小跑步地从后门冲去。

“依依，等等——”

他来不及阻止了。

后门一开，娇小的人儿僵住。

只见后院里，小妈正在浇花，老爸拿着树剪，利落地修剪树木。两位家长瞧见她出现，虽然努力想保持态度自然，但还是没有成功，表情都有些不自在。

就是这么巧，杨忠国在这个时候，推着割草机从转角绕出来，看见眼前这情况，浓眉挑得好高。

依依羞得从头到脚红透，一时之间进也不是退也不是。好在身后的男人，语带笑意地开口，替她解除尴尬场面。

“爸、小妈，早。”

放在背后的大手，稳定心中慌乱，她尴尬地跟着打招呼。

“呃，叔叔、阿姨——早——”

杨家夫妇各自点头，宋如意笑得很温柔，没有多说什么；杨奕则是颔首之后，继续持着树剪，一丝不苟地剪去杂枝残叶。

“爸，我送依依回家。”

“嗯。”

得到同意后，他牵着僵硬的依依，绕过两位长辈，走出后院，却看见围篱前孝国蹲在重型机车旁，手里还拿着沾满泡沫的海绵，因为目睹这一幕，正笑到全身都在发抖。

更惨的是，不远处，小妹跟外甥女还坐在那儿野餐，虽然没看向这边，但也一样死命忍着笑。

依依羞得无地自容，粉唇冒出一声呻吟，整个人都快躲他背后去了。

仁国在这时，推开后院的门走了进来，差点跟两人撞个正着。

“爱国，你怎在这？依依呢？你送人家——啊，抱歉，依依，我没看见你，这家伙块头太大，完全把你挡住了。早安啊，哈哈——”

这状况只比被抓奸在床好上一些些而已。

她欲哭无泪，只能硬着头皮，虚弱地挤出微笑。“早。”

“你、呃，慢走，我去吃早餐。”仁国尴尬地笑着，赶紧递出车钥匙，然后迅速闪人。

两人一前一后走出后院的小门，来到车子旁边，她用最快的速度上车，整个人缩在副驾驶座上，羞窘万分地压低声音问：

“为什么大清早的，你家的人都挤在后院啊？”

杨爱国莞尔地看了她一眼，一边发动车子。“他们怕你尴尬，特别空出前门让你走，谁知道你会直直往后门冲。”

“你怎么不早说？”她捂着脸埋怨。

“我建议过，却被你否决了。”他笑着踩下油门，将车子开上路。

没错，他的确是建议过。

后悔不已的依依，羞得不想见人。她保持同样的姿势，一直到车子到达家门前，才被杨爱国哄着下车，用公主抱的姿势，飞快进入屋里。

然后，他用神奇的吻，很快让她忘却外界的一切。

☆☆☆

阳光普照，淡淡的花香飘荡在空气中。

吃过健康早餐，做过暖身操的依依，在出门之前，先握住门把，深呼吸了三分钟以上，才打开大门，用稳定的脚步，开始今天的运动。

换作以往，她肯定会窝在家里，能躲多久就躲多久。

这几天以来，目击证人陆续指出，她在杨家过夜的事实，事关赌盘输赢，人们为了确认，用尽各种借口登门拜访，话题兜来转去，就是为了探问，她跟杨爱国之间“进度”如何。

她当然害羞。

但是，她一点儿也不后悔，甚至因为他的宠爱，而深深觉得骄傲。

她跟这么优秀的男人，竟然是情侣呢！

既然有勇气向他坦承，她当然不会再退缩，虽然无法大大方方地宣告，但是她可以羞答答地点头，默认两人的关系。

相隔几天没出门，她今天终于做好心理准备，预备迎接镇民们的关心。

在操场上绕圈慢跑，不能满足众人的好奇，她决定绕镇上一圈，不但让大伙儿确认，同时也弥补先前当众逃跑时，对他男性尊严的伤害。

只是，才跑了几分钟，她就发现自己配备不够。她应该在身上斜挂一个布条，上头写着“对，我跟杨爱国交往了”！省去这一路大家的询问。可惜，她就是事先没有想到。

所以，开文具店的大姊见到她就问：“依依啊，你跟爱国交往喽？”

她红着脸点头，换来大姊乐呵呵地笑，还欢天喜地地冲进店里，大声地告诉丈夫，连声说早就预料到了，声音传得附近路人都回过头来，每个人都跟着笑开，个个心知肚明。

站在煎台后头，忙着卖早餐的年轻夫妻档，看到她慢跑经过，老板娘不顾煎得滋滋作响的汉堡肉，拿着煎铲挥舞，吸引她的注意力，在大庭广众下非要问个清楚，就连老板也停下手边动作，专注倾听答案。

“依依，你真的跟爱国交往了吗？”

众目睽睽之下，她再度点头承认，换来的是老板娘的欢呼，差点没在煎台前跳舞，老板则是苦着脸，喃喃低咒了几句。

老板娘手里的煎铲转了方向，直指着丈夫，愉快宣布。“听到了吧，我赢了，接下来三个月的碗都交给你洗！”

她转开视线，加快脚步，尽快离开老板哀怨的注视，暗自祈求老板在接下来三个月，洗碗的时候不要埋怨她。要怪就去怪杨爱国吧，全是他害得她情不自禁，身心全部沦陷的。

想到心爱的男人，她就觉得甜蜜蜜的，连嘴角也上扬，笑得满脸羞甜，在心里猜想他此刻人在哪里，正在做些什么。今天，他们约好要去吃饭，他会挑哪间餐厅？又会对她说些什么——

“满学姊！”

学生的呼喊，打断她美丽的遐想。

“满学姊，杨教练今天请假耶！”学生攀在围墙上，大声叫唤着。

另一个学生，用力朝同学后脑巴下去，认真纠正。“不能再喊满学姊了啦！”

“为什么？”

“因为她跟教练交往，过不久就是教练的老婆了。”

“那要喊什么？”

“师娘啊！”

于是，四肢发达的学生们，趴在围墙上，异口同声地喊道：

“师娘好！”

“要请我们吃喜糖哦！”

学校的围墙很长，他们又蹦又跳，追逐墙外的依依，师娘师娘地喊个不停，不但彻底忘了她姓黄不姓满，换了称呼之后，就连姓也省了。

她火大地停下脚步，对着那群阴魂不散、鬼叫不停的学生，用最凶恶的表情比出中指，却让那群小鬼更兴奋，噢噢噢噢地叫个不停。

过了几秒，学生们脸色一变，一个个缩回脑袋。她正讶异，原来中指的效力如此强大，学校后门走出一个老绅士，严肃的视线从她比着中指的手，缓慢移到她的脸上。

依依差点也想像那些学生一样，找一道围墙躲起来。

“呃，校长好。”她收回中指，双手都缩在背后，僵硬地挤出笑容。

年高德劭的校长，微微点了个头，没有对她不雅的行径，说出一句指责，但是那关爱的眼光，就足以让她惭愧得抬不起头来，深深觉得愧对自个儿荣誉校友的头衔，还考虑把奖状还回去。

离开学校后，她继续往前跑去，回应每个人的问候与询问。她已经习惯了，这个人与人之间关系紧密的小镇，人们的关心，虽然带来困扰，但是也显示出镇民有多么团结，这在大城市里是绝对不可能发生的。

微风迎面吹来，她过了一会儿，才发现自己正在微笑。

以往，快乐的事情，她只能跟数量极少的朋友分享；现在，镇上每个人都乐于跟她分享，因为她的快乐而快乐，让情绪能量无限增幅。

这样的生活，其实也不错。

躲在屋里，躲避人群当然很安全。但是，只有走向人群，才能感受到，独自一人感受不到的温暖。

如果不是杨爱国，催逼着她走出房间，她这辈子很可能就会错失这一切。今天晚上，她会在他耳边，轻声说出谢意——

途经住宅区的依依，正思念着男友，耳畔听见有动静，以为是又有镇民，想询问她跟爱国交往的消息，是否真的属实，但当她带着笑容转头时，看见的却是一个大概才五六岁的小男孩，双手胡乱挥舞，哭叫地冲过来。

她停下脚步，本能地蹲下来，接住差点扑倒在地上的男孩。他的双手双脚都在乱挥乱踢，连她都被踹了好几脚。

“小朋友，你怎么了？”她关心地问，男孩却没有回答，哭叫得更大声。

“痛——”男孩泪眼汪汪。“好痛！”

“告诉我，你哪里痛。”话才刚问完，她就发现男孩喊痛的原因，颈后的汗毛蓦地竖起来，身躯有几秒的时间僵硬得无法动弹。

几只体色鲜明，色泽黄黑分明，长着翅膀的昆虫在男孩的衣裳里钻动，已经在脚上手上叮了几处红肿的痕迹。那不善的昆虫，虽然跟蜜蜂有些相似，体型却比蜜蜂大得多。

曾经阅读过的资料，在她脑中像是电脑画面一样跳出来。

她之前写小说时，曾经研究过这种昆虫——

这、这这这这这这这，这是恶名昭彰的虎头蜂啊!

依依连忙伸手，拍去男孩身上乱爬的虎头蜂，被惹恼的虎头蜂连她也咬，疼痛跟灼热感，从被咬的那一处火辣辣地传来。但是，第一波攻击还没撤退，第二波攻击又来了，为数更多的虎头蜂，盘桓在两人四周，连嗡鸣声都带着杀气。

再待下去，连她跟男孩都有危险。

想也不想地，依依抱起男孩，用最快的速度开始奔跑。男孩身上的虎头蜂，爬到她的身上，又咬了几口，痛得她差点喊出声，但是她没有停下来察看，抱紧男孩奋力奔跑。

过了上班、上课的时间，住宅区看不到人影，她心急如焚地喘息，浑身都是汗水，跑到腰腹发疼，仍旧没有放慢速度。

消防车呢?

警车呢?

那些公务员跑哪里去了?

平时芝麻大的小事都能出动，说是服务乡里，现在到了紧要关头，却偏偏看不见人影!

汗水模糊视线，她努力回想路径，抄捷径铆起来冲刺，远远地看见消防分局，立刻焦急地放声大喊。

“成大业，救命啊，有虎头蜂啊！”她越跑越近，没有放慢速度。

站在红色消防车前，正在谈话的两个男人，同时转过头来。其中一个是爱管闲事的成大业，另一个则是警长陈志明，同时采取行动。

陈志明率先冲过来，接过她手中哭叫的男孩，矫健的身手不比杨爱国逊色。“你还好吧？”他问道。

软倒在地上的依依，虚弱地摇头。“小朋友被虎头蜂咬了，快、快、快……快送他去……医院……”她喘个不停，一手扶在腰间。

陈志明点头，抱着男孩上警车，一路鸣笛示警，以追缉抢匪的车速，往医院的方向驶去，很快就消失在马路的另一端。

被惹怒的虎头蜂，追不上警车，仍追绕在她身后，一只又一只地落在她的衣服上，爬上雪嫩的肌肤，腹部末端与毒腺相连的螯针举起，一根根细针异常锐利，眼看就要刺出更多伤口——

哗啦！

强力的水柱喷来，有效驱散盘桓的虎头蜂，就连她身上的那些，也被一并冲走。当水柱停止时，她已经全身湿透，冷得颤抖不已。

放下喷水锚的成大业，拿着毛巾走过来，靠近之后才发现她身上也有咬痕，二话不说就把全身滴水的她推上消防车，紧接在警车之后发出，把她也送往医院的急诊室。

一进急诊室，医生跟护士就围过来，把她放到移动病床上。医生察看她被咬的伤口，一边对护士下指示，一边确认她除了疼痛之外，是否有休克现象，还替她打了一针，忙碌了好一会儿，确认她除了又湿又冷之外，没有危险之后，才把她安置在一间病房里。

当杨爱国赶到时，她已经换下湿透的衣服，穿着病人服，连头发都吹干，正疲倦地躺在病床上休息。

“依依。”熟悉的叫唤，让她睁开眼睛。

映入眼中的，是头发凌乱、脸色苍白的他。他的模样比她先前更狼狈，走到病床边的脚步，像是跑过三次马拉松，疲惫得快抬不起来，就连摸向她脸儿的大手，也是又冰又冷，还微微颤抖。

“他们说，你被虎头蜂咬了。”他的声音沙哑极了。

“我没事。”她伸出双手，主动投入他的怀抱，双手紧紧环抱，汲取他身上的温暖。“先前伤口有些红肿，现在都好了。”她知道，他被吓坏了。

他拥抱的力量，比平常更重。“很痛吧？”

当他听到消息的时候，冷静和理智，瞬间荡然无存。

他也被咬过，知道虎头蜂有多么危险，要是被咬得太多，还会有生命危险。想到娇小的她被虎头蜂围攻，各种恐怖的画面闪过脑中，他跳上车子赶到医院，听不进医生或护士的解释，直接就闯进病房。

躺在病床上，闭着双眼的她，让他的心被恐惧紧紧揪住，瞬间难以呼吸。

他不愿意失去她。他不能失去她。

黑雾笼罩在眼前，直到她回应呼唤，睁开双眸的时候，他才松了一口气，仿佛从最黑暗的深渊，被她的微笑救赎，才再度回到人间。

娇小柔软的她，窝在他怀中，让他的心踏实下来。他暗暗发誓，这辈子都不放开她。

“被咬的时候很痛，现在好多了。”她实话实说，紧绷的情绪在见到他之后，渐渐舒缓下来。直到这个时候，她才发现自己累坏了，每一寸肌肉都酸痛不已。

“你哪来的力气，竟然能抱着那男孩，跑过好几条街？”他爱怜地抚过她手臂上的伤口。

“当作者的，只有肾上腺素不输人。”她坦白。

他注视着怀中的小女人，黑眸深深，许久之后才低声说道：“对不起。”

“为什么？”她不明白。

“因为，你有危险的时候，我却不在你身边。”他吻着白嫩的小手，无比心疼，黑眸认真地望入她眼中。“我想要保护你，一辈子保护你，不让你遭遇危险、不让你疼、不让你哭，好吗？”

简单几句话，已经完全表露他的心意。

泪水充满眼眶，在她眨眼时滴下，落在两人交握的手上。

“好。”她语不成声，哽咽答应。

“嘿，”粗糙的拇指，抹去像断线珍珠般落下的泪。“别哭了。”即使是喜悦的泪水，他也心如刀割。

“还不是你害的。”依依抡起粉拳，轻捶他的肩膀。

黑眸蓦地一亮。

“等我一下，我去拿个东西，应该能说服你原谅我。”他吻了吻她的额头，三步并作两步地走出去。

依依耐心地等着，猜测他是去拿什么。但是，护士比他先进来，告诉她小男孩虽然被叮咬较多，幸亏急救得早，经过治疗后也安然无恙，至于惹祸的虎头蜂窝，则是筑在男孩家的三楼，这会儿已经被消防队摘除了。

护士离去后，她真正等待的人出现了。杨爱国手中拿了一个大提袋，走到她的面前来，在她的注视下，从提袋里拎出一个年代久远、状态良好的塑胶玩偶。“我的大同宝宝！”她惊呼出声，急忙把限量版的玩偶抱入怀中。“我还以为这辈子再也看不到它了。”赌博的确是最不可取的行为，她输得惨兮兮，连大同宝宝都赔上。

“我今早去王家相馆，就是去拿回这个玩偶，本来想在晚餐的时候再还给你。”比起预期中的浪漫晚餐，现在的时机更恰当。

“我不是赌输了吗？”她抱得更紧，困惑地直眨眼。“他为什么愿意归还大同宝宝？你花钱买的？”这很昂贵啊！

“不是花钱。”他高深莫测地说，咧嘴露出一口白牙，笑得好危险。“我用了别的方法，让他乐于归还这个玩偶。”至于是什么方法，他决定不告诉她。

不论如何，她的大同宝宝回来了。

“谢谢你。”这是最棒的礼物了。

他倾下身来，凑到她面前，黑眸里满是暖意。“光是谢谢还不够，我需要实质的奖励。”

那有什么问题？

她欣然从命，粉嫩的红唇吻上他，两人的影子，在阳光照耀下，无声融为一体，久久都没有分开。

尾声

数月后。

季节交替，冬去春来。

早晨的气温有点低，依依多穿了一件外套，才出门去慢跑。

运动是一种习惯，开始之后就很难停止，即使早已恢复健康，每样健康指数都符合标准，她还是没有停止运动，甚至觉得一天没有舒畅地出汗，就觉得哪里不对劲。

她的体力变好，气色也是，粉颊上总有淡淡红晕。

只是，这阵子慢跑时，她总觉得寂寞。

杨氏保全接下一个工作，必须出动到国外，爱国在三个多礼拜前就出发了。她一路送到机场，还看着飞机起飞，差点都要哭出来。

这是他们第一次分开，虽然两人尚未新婚，但是小别已经很难熬，加上工作内容必须保密，他们也无法用电话联系。

深深的思念，日夜折磨着她。

但是，这是爱上他的代价，她甘心默默承受。

独自慢跑结束之后，依依回到家中，把汗湿的衣裳扔进洗衣机，预备要洗去汗水，却猛地被人从后方抱住，紧到她呼吸困难。

“宝贝。”沙哑的男性嗓音，在她耳畔响起，“我好想你。”

她惊喜地回过头，难以置信地看着眼前的男人。“你怎么现在就回来了？”她扑进他怀中，每个细胞都在欢唱。

“工作提早结束，我搭第一班飞机赶回来。”他的吻洒落在她脸上，重温最思念的肤触。“天啊，我差点就要疯了。”他需要她，胜过阳光、空气、水。

“我也是。”她据实已告，在他的吻下融化。

两人笨拙地边走边吻，一边胡乱扯着对方的衣裳，当她背贴着墙壁时，身上只剩下一件小裤裤，而且还被他扯得很用力，眼看就要碎成破布。

“等、等一下——”

“我不能等了。”他低吼。

“可是，我还没洗澡。”

“我喜欢你的味道。”这阻止不了他。

她被吻得意乱情迷，多想跟他就此缠绵，但是又有顾忌。“妈妈知道会生气的——啊……”腻人的娇吟甜得醉人。

提到未来的丈母娘，热情的低吼即刻转为挫败咆哮。

他们明明就已经订婚了，但依依的妈妈却一反先前的态度，坚持严守婚前规定，不让他们独处，害得两人情欲高涨时，只能用尽各种借口，偷偷摸摸地做爱，却也增添不少刺激。

无法罢休的他，急中生智，抱起她就往浴室走去。

她娇软得无法反对，只记得小声提醒。“衣服，别忘了捡衣服。”

低声咒骂他，把她放在浴缸旁后，用最快的速度，把衣服都捡回来，然后冲进浴室里，很有效率地把自己脱光，贴上她的娇躯，贪婪地吻上她的雪嫩，弥补这段时间的渴望。

难忍的娇吟，因为浴室的回声效应，听来更响亮。

“嘘。”他低语。

“我、我忍不住——”

“我也忍不住。”他承认，低头再度吻住她，很快又“蓄势待发”。这次，他缓慢地、深情地爱她，直到两人无法再承受更多高潮。

之后，他们在浴室里，为彼此洗澡，相互倾诉这段日子的思念。这次的分开，更确认两人相爱的程度有多么深。

当他们离开浴室，回到卧房的时候，她依靠在他宽阔的胸前，紧贴着这个她今生今世都将热爱的男人，轻声告诉他。

“我想要再开始写小说了。”

他扬起浓眉。“为什么？”

她露出最灿烂的笑容，甜蜜地宣布。

“因为，我觉得好幸福。”

——全文完

后记

《甜蜜战争》的书名，原本是《亲吻大白鲨》，是形容男主角杨娃娃的四哥杨爱国的笑容太闪亮。不过出版前夕，跟出版社讨论，对方希望改换书名，所以我改成《甜蜜战争》。

来说说封面。

一直以来封面都是跟平凡与陈淑芬两位国际插画大师合作。最近几年的模式，都是请陈淑芬老师看完内文，再画出封面。但是，这本《甜蜜战争》的女主角，职业是作家，身体不好、懒得运动、强烈害怕晒太阳又偏爱零食，陈淑芬老师看完后下了结论："这根本是你的自传！"

在百口莫辩的状况下（辩不出来啊，相似度真的超高，呜呜呜），陈淑芬老师完成的画作，众人看到时纷纷大笑，齐声大喊："这根本是画你！"

我要慎重声明，经过陈淑芬老师的妙笔生花，封面是经过“壮烈”美化过的，本鲸鱼绝对没有像封面那样楚楚可怜、双眼水汪汪。(内心 os：我是“希望”自己长那样啊啊啊！！)

尤其是国际书展时，看到两层楼高的大海报，还要在众人围绕下举办签名会，听着读者们说：“好像啊！”“典心老师，封面画的是你，对吧？”人家真的害羞到好想挖个地洞钻进去。

☆☆☆

前几年身体不好，健康亮红灯，所以这个故事多少反映了自己希望追求健康（还有猛男）的心情，至于热爱收藏周边是事实，家里有一个房间是用来堆积周边的，除了漫画周边，最多的是我自己的周边（掩面 ing）。

值得一提的是，《甜蜜战争》的繁体版是双封面哦，除了平凡老师、陈淑芬老师的作者（？！）版封面，还有一层书衣，是很可爱的风格。

不过大家比较偏爱的，还是平凡、淑芬老师的封面。在书店里摆的都是那张似曾相识的脸，水汪汪的无辜眼神，有一次在书局时，当场被读者抓住，问：“典心老师？是你吧！”实在太尴尬了，后来都不敢在书架前逗留。

话说，这样的事情应该不会在大陆发生吧？哈哈哈。

版权登记号：01-2016-4112

图书在版编目（CIP）数据

甜蜜战争 / 典心著 .—北京：现代出版社，2017.1
ISBN 978-7-5143-4984-9

Ⅰ. ①甜… Ⅱ. ①典… Ⅲ. ①言情小说—中国—当代
Ⅳ. ① I247.5

中国版本图书馆 CIP 数据核字（2016）第 238545 号

甜蜜战争

作　　者　典　心
责任编辑　袁子茵
出版发行　现代出版社
通讯地址　北京市安定门外安华里 504 号
邮政编码　100011
电　　话　010-64267325　64245264（传真）
网　　址　www.1980xd.com
电子邮箱　xiandai@vip.sina.com
印　　刷　三河市宏盛印务有限公司
开　　本　890mm × 1240mm　1/32
印　　张　7
版　　次　2017 年 1 月第 1 版　2017 年 1 月第 1 次印刷
书　　号　ISBN 978-7-5143-4984-9
定　　价　29.80 元
